韓國의 漢詩 42

耘谷 元天錫 詩選

한국의 한시 42

운곡 원천석 시선

허경진 옮김

평민사

옮긴이 **허경진**은 연세대학교 국어국문학과를 졸업하고,
같은 대학원에서 문학박사 학위를 받았다. 목원대학교 국어교육과 교수와
열상고전연구회 회장을 거쳐, 연세대학교 국문과 교수를 역임했다.
《한국의 한시》 총서 외 주요저서로는 《조선위항문학사》, 《허균 평전》,
《허균 시 연구》, 《대전지역 누정문학연구》,
《성호학파의 좌장 소남 윤동규》 등이 있고,
옮긴 책으로는 《연암 박지원 소설집》, 《매천야록》,
《서유견문》, 《삼국유사》, 《택리지》, 《허난설헌 시집》,
《주해 천자문》, 《정일당 강지덕 시집》 등 다수가 있다.

韓國의 漢詩 42
耘谷 元天錫 詩選

초   판 1쇄 발행일   1999년 11월 25일
개 정 판 1쇄 발행일   2022년 7월 5일

옮 긴 이   허경진
만 든 이   이정옥
만 든 곳   평민사
             서울시 은평구 수색로 340 〈202호〉
             전화 : 02) 375-8571
             팩스 : 02) 375-8573
             http://blog.naver.com/pyung1976
             이메일 pyung1976@naver.com
등록번호   25100-2015-000102호
ISBN   978-89-7115-025-2   04810
             978-89-7115-476-2   (set)
정   가   12,000원

고려가 망하고 조선이 건국될 무렵, 지식인들은 크게 세 갈래로 세상을 살았다. 망해 가는 고려를 붙들고 충성하며 조선 건국에 참여하지 않은 지식인들이 있었고, 건국에는 참여하지 않았지만 조선이 건국된 뒤에는 조정에 나아가 자신의 포부와 경륜을 발휘한 지식인들이 있었으며, 처음부터 적극적으로 건국에 참여한 지식인들이 있었다.

첫 갈래의 지식인들은 삼은(三隱)으로 대표되는 충신들인데, 이들은 어려운 시대를 살면서 수많은 한시를 지어 역사를 기록하였다. 단심가(丹心歌)나 회고가(懷古歌)로 불리우는 시조들도 이들에 의해서 지어졌다.

운곡(耘谷) 원천석(元天錫, 1330~?)은 고려에 벼슬하지 않았으니, 사실상 고려왕조에 충성할 의무는 없었다. 그는 어릴 때부터 학식과 문장이 뛰어났지만, 진사가 되는 데 그쳤다. 고려 말에 정치가 어지러워지자, 강원도 치악산에 은거하여 제자들이나 가르치며 한평생을 보냈다. 그의 제자인 태종이 벼슬하기를 권하려 치악산까지 찾아왔지만, 그는 깊은 산 속으로 들어가 숨으면서 끝까지 만나 주지 않았다고 한다. 지금도 치악산 일대에는 그 자취들이 남아 있어, 그의 행적을 증거하고 있다.

그는 산 속에 숨어 사는 것만으로 일생을 마치지는 않았다.

자기가 보고 들은 것들을 그대로 기록하여, 후대의 역사적인 증언이 되게 하였다. 고려왕조의 창왕과 우왕이 왕씨가 아니라 신돈의 핏줄이라는 이유 때문에 폐위되는 과정부터, 이성계 일파가 결국은 왕씨의 고려왕조를 폐하고 새 나라 이름을 조선이라고 정하는 과정까지, 그는 자기가 보고 들은 모든 것들을 1,144수의 시로 기록하였다. 시는 그의 생활이었던 것이다.

그는 벼슬을 하지 않았기 때문에 생애가 잘 알려져 있지 않다. 더구나 그가 조선왕조에 참여하지 않고 비판적인 거리를 유지했으므로, 그의 작품까지도 그의 생애와 함께 감춰졌다. 그는 세상을 떠나기 전에 《야사(野史)》6권과 원고 3권2책을 남겼는데, 그의 후손들이 《야사》는 불태워 없앴다. 조선왕조의 건국을 비판적인 안목으로 기록한 이 책이 후손들에게 위험한 존재로 인식되었기 때문이다. 그래서 조선왕조 건국에 대한 그의 비판의식은 그의 시를 통해서만 파악할 수 있다. 퇴계가 그의 시를 읽고, "역사가 시에 실려 있다[史寓於詩]"라고 평한 것도 그러한 맥락에서 나온 말이다.

물론 지금 남아 있는 그의 시에서 속 시원하게 조선왕조를 비판한 시들을 많이 찾아 낼 수는 없다. 몇 차례 편집과정에서 많은 시가 삭제되었기 때문이다. 그나마 이 정도라도 남아 있는 것이 다행이라고 할 수 있다.

그의 첫 번째 시집은 강원도 관찰사로 나갔던 박동량이 그의 원고를 읽어 보고 일부를 뽑아서 한 책으로 간행한 것이다. 그가 원천석의 시 가운데 당대에 소개할 만한 시를 일부 뽑아서 〈시사서(詩史序)〉를 지은 것이 1603년이었으니, 원천석이 세상을 떠난 지 200년이 지나서야 그의 시가 조선사회에 공개된 셈이다. 지금도 원천석의 시에는 스님들과 주고받은 시가 상당수 실려 있는데, 이는 그때까지도 성리학자들이 불교에 대하여 호의적이었다는 방증이기도 하지만, 조선왕조 건국에 비판적인 시들을 삭제하다 보니 자연히 스님들과 주고받은 시들이 많이 실리게 된 것이기도 하다.

그 뒤 또 200년이 지난 1800년에 후손들이 《운곡시사(耘谷詩史)》를 간행했으니, 그제서야 조선사회가 그의 시를 너그럽게 받아들이게 된 것이다. 그때까지는 그의 시가 널리 알려지지 않았으므로, 조선 전기와 중기에 걸쳐서 여러 차례 편집된 시화나 시선집에는 그의 시가 거의 소개되지 않았다. 그때까지는 그가 시인보다는 주나라의 백이·숙제처럼 절조를 지킨 선비로만 인식되었던 것이다. 그의 시집이 시사(詩史)나 행록(行錄)이라는 이름으로 엮어지게 된 것도 그러한 생애를 더욱 돋보이게 하였다.

그의 시는 창작 연월일에 따라서 편집되었다. 그래서 그의 생애를 짐작할 수 있게 해준다. 특별한 벼슬도 없었기에 《고려사》나 《조선왕조실록》에 실릴 만한 인물이 아니었으니, 야사에 전해지는 몇 가지 일화 말고는 그의 시가 그의 생애를 증언하는 유일한 자료인 셈이다.

원주 지방의 향리 출신인 원천석 집안은 아버지 윤적(允迪)

때에 와서야 중앙 정계에 진출하였는데, 아버지와 형이 일찍 세상을 떠나자 집안 살림이 어려워졌다. 게다가 나라 정치까지도 어려워지자, 그는 10대 후반과 20대 초반에 강원도 일대를 떠돌아다닌 뒤 1353년부터 운곡(耘谷)에 은거하였다. 이때 그의 나이 24세였으니, 과거시험과 정계 진출을 사실상 포기한 것이다. 그는 그 뒤에도 여러 차례 여행을 즐겼지만, 다시 운곡으로 돌아와 자연을 벗 삼아 은거하였다. 이러한 그의 생애가 1,144수의 시에 잘 나타나 있다.

그가 지은 《야사》의 내용을 정확히 알 수는 없지만, 그의 다른 시를 보거나 그의 자손들이 태워 없앴다는 이야기를 들어 보면 고려왕조의 멸망과 조선건국의 과정이 중심 내용이었음을 짐작할 수 있다. 마치 매천(梅泉) 황현(黃玹)이 전라도 구례 산골짜기에 들어앉아 글만 읽으면서도 조선왕조의 몰락과 외세의 침입을 직필하여 《매천야록》을 남겨 주었던 것처럼, 그도 운곡 골짜기에 들어앉아서 《야사》를 기록하였다. 두 시인 다 왕조에 벼슬한 관리가 아니었지만, 왕조의 멸망에 대하여 지식인으로서 책임을 느끼고 선비답게 현실을 직시하며 문장으로 대처하였다. 다른 점이 있다면 매천이 자결한 뒤에도 그의 유족들이 일제 치하에서도 《매천야록》을 잘 감춰 둔 것에 비하여, 운곡의 자손들은 문중이 해를 당할까 걱정하며 스스로 불태워 버렸다는 점이다.

《야사》가 전해지지 않는 것은 아깝지만, 그랬기에 오히려 그가 지은 1,144수의 시가 더욱 값지다. 글자 그대로 시사(詩

史)가 된 것이다. 그가 지은 시 가운데 100여 수를 뽑아서《한
국의 한시》제42권으로 간행한다.

《한국의 한시》는 2차분 20권까지 다 나와서 40권이 완간
되었지만, 고려시대와 조선시대 성리학자들의 시까지 다 소
개되어야 우리 역사와 문학의 한 단면을 보여 줄 수 있겠다는
생각에서 3차분 20권을 다시 기획하였다. 우리나라 성리학
의 근원이라고 할 수 있는 고려 말의 목은(牧隱) 이색(李穡)으
로부터 조선 말엽의 의병장 면암(勉庵) 최익현(崔益鉉)까지 20
명이 이에 해당되는데, 목은 이색의 시가 워낙 방대하여 원천
석부터 소개하게 되었다.

목은 이색이나 운곡 원천석, 포은 정몽주 등이 모두 고려
왕조에 충성하며 조선 건국을 반대한 분들인데, 마침 3차분
의 마지막 시인 면암 최익현도 외세 침입에 항거한 의병장이
니, 우리나라 성리학자들의 마음가짐과 몸가짐을 보여 주는
기획이기도 하다. 3차분 기획이 독자들에게 우리 한문학의
한 단면을 제대로 보여 줄 수 있다면 다행이겠다.

1999년 9월 9일
허 경 진

차례

• 머리말 _ 5

제1권

• 신묘년 삼월에 금강산으로 가다가 횡천에 이르러 _ 17
• 갈풍역을 지나다 _ 18
• 춘주에서 _ 19
• 매화 가지 끝에 걸린 달 _ 20
• 그림 속의 산 _ 21
• 남만에서 들어온 종이 _ 22
• 어진이 불러들인 이불 _ 23
• 나라에 금주령이 내렸는데 제호조 소리를 듣다 _ 24
• 갑오년 시월에 회양으로 가다가 횡천에 이르러 벽에 걸린 시에
  차운하다 _ 25
• 초사흗날 횡천을 떠나면서 _ 26
• 열이튿날 교주를 떠나 금성에 이르다 _ 27
• 청양을 지나다 _ 28
• 방산 가는 길에서 _ 29
• 연기 나는 집이 하나도 없어 _ 30
• 춘주 신대학의 교외 별장에 쓰다 _ 32
• 을미년 칠월 어느 날 춘성의 두 서생 김생과 안생이 공부를 끝
  내고 고향으로 돌아간다고 여러 서생들이 시를 지어 송별하는데
  추(秋)자 운을 얻다 _ 33
• 형님께서 보내 주신 시에 차운하다 _ 35

- 말 _ 36
- 이름이 군적에 오르다 _ 37
- 즉사 _ 39
- 경자년 정월 십구일에 딸아이를 낳았는데, 예쁘고도 영리했다.
  올해 5월 십칠 일에 병으로 죽었기에 시를 지어서 곡한다 _ 40
- 조목감을 곡하다 _ 41
- 송목사의 화답을 받고 다시 차운하다 _ 42
- 그윽한 골짜기의 굉대사가 상원사 주사굴 서쪽 봉우리에 암자를
  새로 짓고 암자 이름을 무주암이라 했는데 그 높고 뛰어난 경치
  를 아름답게 여겨 시 한 수를 지어서 굉대사에게 올리다 _ 44
- 동년인 정도전이 찾아와서 지어 준 시에 차운하다 _ 45
- 임기가 차서 서울로 돌아가는 송목사를 배웅하다 _ 47
- 동년인 김비가 보내 준 시에 차운하다 _ 48
- 조카 식이 보내 온 시에 차운하다 _ 49
- 김매는 늙은이의 노래 _ 52
- 안사호 집에 모여 몇몇 사람이 술잔을 나누면서 시 한 수를 지어
  이선생에게 보이다 _ 55
- 동년인 허중원이 시를 보내 왔으므로 글자를 나누어서 운을 삼
  아 이십팔 수를 짓다 _ 57
- 춘성 향교의 여러 대학들에게 보내다 _ 59
- 나옹화상의 〈운산도(雲山圖)〉에 쓰다 _ 61
- 청평사 _ 62
- 읍선루 _ 63

제2권

- 〈삼소도〉에 쓰다 _ 67
- 경술년 초여름에 회포를 쓰다 _ 68

• 복사꽃 69
• 구월 오일에 손님과 술잔을 나누다 _ 70
• 말 _ 73
• 생원 김누에게 약을 청하다 _ 74
• 최안을에게 받은 시에 차운하다 _ 75
• 춘주 천전마을에 묵다 _ 77
• 즉사 _ 78
• 여러분이 화답한 시에 다시 차운하다 _ 79
• 금성령으로 부임하는 아우 자성을 보내면서 _ 82
• 더위 속에 한가롭게 읊다 _ 83
• 병진년 윤구월에 일본의 여러 선덕들이 이곳에 왔는데 그 총림
  의 전형이 우리 나라의 제도와 비슷해서 시 한 수를 지어 주다
  _ 84
• 설자사가 도경선사에게 보낸 시에 차운하다 _ 85
• 곡계(谷溪)의 시권에 쓰다 _ 86
• 늦봄 _ 87
• 철원관 북관정 시에 차운하다 _ 88
• 추석날 선영에 참배하다 _ 89
• 불경을 베끼는 이에게 지어 주다 _ 90

제3권

• 김해 선달 신맹경에게 부치다 _ 93
• 홀아비로 이십일 년을 지내고 _ 94
• 소암(笑巖)의 시권에 쓰다 _ 95
• 스스로 읊다 _ 96
• 오도(惡道) 고개를 오르면서 _ 97
• 기생 딸이 떠나가자 노파 어미가 슬피 울다 _ 98

• 원신(元信)의 시권에 쓰다 99
• 〈서방구품도〉가 이뤄지기를 원하는 시 _ 100
• 배웅하다 _ 101
• 환희당 당두의 시에 차운하다 _ 102
• 좌망 _ 103
• 세 가르침이 하나의 이치일세 _ 104
  - 유교 _ 105
  - 도교 _ 106
  - 불교 _ 106
• 명나라 의복제도를 따르게 되었기에 _ 108
• 해동의 두 현인을 찬양하다 _ 109
• 판삼사사 _ 110
• 무문전사의 시권에 쓰다 _ 111
• 새벽에 일어나서 읊다 _ 112
• 아야니 서쪽 강을 건너다 _ 113
• 스스로 읊다 _ 114
• 환희당 대로의 시에 차운하다 _ 115
• 십오일 날 빗속에서 읊다 _ 116
• 느낀 바가 있어 _ 118
• 아이들에게 설상을 받고 _ 120
• 엎드려 들으니 주상 전하께서 강화로 옮기고 원자께서 즉위하셨
  다기에 감회를 읊다 _ 121

제4권

• 기사년 정월 설날 아침에 _ 125
• 도통사 최영 장군이 사형당했다는 말을 듣고 탄식하다 _ 126
• 소나무를 심다 _ 129

- 이 달 십오일에 나라에서 정창군을 세워 왕위에 올리고 전왕 부자는 신돈의 자손이라 하여 폐위시켜 서인으로 삼았다는 말을 듣고 _ 132
- 나라에서 명령하여 전왕 부자에게 죽음을 내리다 _ 134
- 꿈을 적다 _ 135

제5권

- 두보의 시집을 읽고 _ 141
- 백성들을 대신해서 읊다 _ 142
- 목은 상국이 국화를 보고 시를 지어 보냈기에 차운하다 _ 143
- 옛시를 본받아 짓다 _ 144
- 향학의 여러 서생들에게 보내다 _ 146
- 나라 이름을 고쳐서 조선이라고 하다 _ 147
- 십이월 삼십일 _ 149
- 새 나라 _ 150
- 삼가 〈금척을 받든 글〉과 〈보록을 받는 어록〉을 읽고 경사롭게 여겨 찬양하다 _ 152
- 정이상이 지은 노래 네 곡을 찬양하다 _ 154

부록

- 〈해설〉 원천석의 생애와 문학 _ 159
- 原詩題目 찾아보기 _ 166

제1권

耘谷
元天錫

신묘년 삼월에 금강산으로 가다가 횡천에 이르러

辛卯三月向金剛山到橫川

풀 보드랍고 꽃 붉어 천리가 봄이기에
채찍 내리고 말 가는 대로 성문을 나섰네.
가고 또 가다가 화전 땅에 가까워져
나무꾼 만날 적마다 친구 소식을 자주 묻네.

草軟花紅千里春。　　　垂鞭信馬出城闉。
行行漸近花田境、　　　頻向樵蘇問友人。

∎
* 화전이나 횡천은 횡성의 옛이름이다. 고구려 때부터 횡천이라고 불리웠
  는데, 조선 태종 14년(1414)에 횡천과 홍천의 발음이 서로 비슷하다고
  하여 횡성현으로 고쳤다.

17

갈풍역을 지나다

過葛豐驛

말을 채찍질하며 유유히 갈풍역을 지나노라니
산천 모습은 예나 이제나 같네.
사람 드물어 고요한 강가 길에는
철쭉꽃만 층층이 물에 붉게 비치네.

策馬悠悠過葛豐。　　山川形勢古今同。
人稀境靜江邊路、　　躑躅千層映水紅。

■
* 갈풍역 : (횡성현) 서쪽 6리에 있다. -《신증 동국여지승람》권46 〈횡성
　현〉 역원조

춘주에서
春州

다시 와보니 성곽이 내 고향 같네.
눈에 가득한 강산이 내 놀던 곳일세.
다행히 봄 저무는 삼월 좋은 철을 만나
꽃과 달에 의지해 이 시름을 푸네.

重來城郭似吾州。　　　滿眼江山是舊遊。
幸値芳菲三月暮、　　　好憑花月解閑愁。

■
* 춘천의 이름을 신라 선덕여왕 6년(637)에 우수주(牛首州)라고 했다가,
　고려 태조 23년(940)에 춘주라고 고쳤다. 조선 태종 13년(1413)에 처
　음 춘천이라는 이름을 써서 군이 되었다가, 15년(1415)에 도호부로 승
　격하였다.

매화 가지 끝에 걸린 달

梅梢月

눈썹 같은 초승달이 차가운 밤을 알려주니
매화 가지에 밝은 바탕이 더더욱 어여뻐라.
밤 고요하고 바람도 멎은 데다 사람들 흩어지자
차가운 빛 비추는 곳에 그윽한 향기만 맑구나.

一眉新月報寒更。　　偏愛梅梢素質明。
夜靜風停人正散、　　冷光相照暗香淸。

그림 속의 산
畫山

그림 속에 늘어선 산들이 누구의 솜씨인지
늙은 잣나무 푸른 소나무가 붓 끝에 생생하네.
그 중에 암자가 있건만 스님은 불러도 나오지 않으니
아마도 선정에 들어 남은 봄을 보내는 게지.

圖成列岫是何人。　　古柏蒼松筆下新。
中有菴僧呼不出、　　却疑參定過殘春。

남만에서 들어온 종이

蠻牋

한원에 값진 종이 많기도 하건만
남만(南蠻)에서 진상한 것이 가장 으뜸일세.
창을 바르자 머리 옆에 눈빛 비치고
벽에 붙이자 눈앞에 은빛 번쩍이네.
가난한 양속은 이불 만들어 추위 견디고[1]
명필 왕희지는 붓 잡아 먹물 적셨지.
희고도 미끄러워 티 하나 없으니
글하는 사람 벗 되어 몇 년을 지내 왔던가.

翰苑珍奇紙最先。　　南蠻貢進九重天。
糊窓雪色明頭側、　　帖壁銀光眩眼前。
裁被禦寒羊續簍、　　揮毫洒墨右軍賢。
皎然平滑無纖累、　　長伴詞人幾許年。

---

1) 양속은 한나라 영제 때에 여강 태수와 남양 태수를 지낸 관리인데, 다
떨어진 옷에다 비루먹은 말을 타고 다닐 정도로 청렴했다. 한번은 아전
이 생선을 보냈는데, 먹지 않고 마당에 걸었다. 그 뒤에 아전이 다시 생
선을 가져오자 양속이 마당에 걸려 있던 생선을 돌려주었다. 그래서 사
람들이 다시는 뇌물이나 선물을 가져오지 않았다. 종이로 이불을 만들
어 추위를 견뎠으며, 호화스러운 생활이 보장되는 재상 자리도 사양하
였다.

어진이 불러들인 이불
招賢被

맹종의 어머니가 열두 폭 이불을 만들어 두고 어진 이들을 불러들여 아들과 함께 공부하게 했다.

바르게 아들 가르치려는 마음이 초연해
이불 만들어 세상 인재를 널리 불러들였네.
번쩍이는 무늬가 베개마다 빛나고
훌륭한 벗들이 머리 나란히 하고 잠들었네.
따스하고도 찬란한 빛이 환하게 비치니
길쌈도 바느질도 모두 아름다워라.
그대 집안의 아름다운 이름이 만고에 전해오니
그 옛날 참예치 못한 내가 한스러워라.

循循教子意超然、　　作被旁招間世賢。
的的奇紋連枕煥、　　明明善友共頭眠。
氳氳燦爛光輝映、　　紡績裁縫巧並全。
赫爾家聲傳萬古、　　愧予難與出當年。

나라에 금주령이 내렸는데 제호조 소리를 듣다

國有禁酒之令聞提壺鳥

도연명을 다객이 되게 했으니[1]
다시는 고양의 술꾼[2] 모일 일이 없건만,
산새는 금주령이 내린 것도 모르고
술 너머서 이따금 술잔 들라고 권하네.[3]

已教元亮爲茶客、　　　無復高陽會酒徒。
山鳥不知邦國令、　　　隔林時復勸提壺。

■

1) 다객은 차를 파는 사람, 또는 차를 마시는 사람을 뜻한다. 도연명이 무척 술을 좋아했는데, 금주령이 내려 차나 마시게 되었다는 뜻이다.
2) 처음에 패공(沛公, 유방)이 군사를 이끌고 진류(陳留)를 지나가는데, 역생(酈生)이 군문에 찾아와서 뵈려고 했다. 사자가 나와서 그를 거절하면서 말했다. "패공께서는 선생을 만나실 틈이 없습니다" 그러자 역생이 칼을 어루만지며 사자에게 꾸짖어 말했다. "빨리 달려가서 패공께 아뢰어라. 나는 고양의 술꾼이지, 선비가 아니라고" -《사기》〈역생·육가전〉
3) 새 이름 자체가 술병을 들라는 뜻이다.

갑오년 시월에 회양으로 가다가 횡천에 이르러 벽에 걸린 시에 차운하다
甲午十月向淮陽到橫川次板上韻

북쪽 오랑캐가 압록강 건너지 못하는 것이
우리 훌륭한 장수의 전략 덕분일세.
요즘 두만강 어구가 시끄럽다니
벽에 걸린 새로운 시 읽으며 두 장군이 그립네.

北寇難侵鴨綠東。　　　賴吾賢帥轉籌功。
近聞豆口妖煙起、　　　讀徹新詩憶二公。

초사흗날 횡천을 떠나면서

初四日發橫川 二首

1.

잠자던 까마귀 막 일어나고 먼 산이 밝아오기에
새벽 일찍[1] 행장 차려 눈 맞으며 떠나네.
나무꾼 영감은 나그네 뜻도 모르고
머리 돌려 앞길 묻는 걸 이상스레 여기네.

棲鴉初起遠山明。　　　蓐食催裝冒雪行。
樵叟不知征客意、　　　却嫌回首問前程。

■
1) 욕식(蓐食)은 새벽에 일찍 일어나 이부자리에서 식사하는 것을 가리
킨다.

열이튿날 교주를 떠나 금성에 이르다
十二日發交州到金城

저녁 해가 가물가물 서산에 지는데
시냇가 사립문은 아직 닫지 않았네.
어디선가 나무꾼들이 달빛 받으며 돌아오는지
푸른 그늘 사이로 피리소리가 흩어지네.

夕陽明滅隱西山。　　溪岸柴門尙未關。
何處樵童乘月返、　　笛聲搖落翠微間。

청양을 지나다
青陽路上

산길 이십 리에
다니는 사람 없어 고즈넉하네.
시냇물은 얼어붙어 소리도 끊어졌는데
구름 흩어지니 산빛이 더욱 밝구나.
기이한 경치를 어떻게 다시 설명하랴.
이상한 모습들을 말하기 어려워라.
나는 두 번째 오는 나그네라서
남모르게 옛정이 가슴속에 느껴지네.

山程二十里、　　寂寂無人行。
凍合溪聲斷、　　雲收岳色明。
奇觀何更說、　　異狀固難名。
我是重遊客、　　潛生感舊情。

방산 가는 길에서
方山路上

가는 말 잠시 멈추고 시 한 수 읊노라니
뽕나무에 연기 어린 마을이 호젓하구나.
아름답게 내리는 눈이 버들가지 같건만
사방 먹구름에 하늘이 어두워지네.

暫停歸騎久沈吟。　　桑柘煙村深復深。
雪意嬌多若飛絮、　　黑雲四合天陰陰。

* 방산현은 양구현 북쪽 30리에 있는데, 본래 고구려의 삼현현(三峴縣)
이다. (줄임) 고려에서 지금의 이름으로 고쳐 회양부(淮陽府)의 속현
으로 했다가, 본조에서 세종 6년에 다시 본현(양구현)의 속현으로 하
였다. -《신증 동국여지승람》제47권 〈양구현〉속현조

연기 나는 집이 하나도 없어

十五日發方山到楊口郡吏民家戶欹斜倒地寂
無煙火問諸行路答曰此邑乃狼川郡之兼領官
也自古地窄田磽民物凋殘比來權勢之家奪有
其田土擾亂其人民租稅至多雖容足立錐之地
無有空閑每當冬月收租徵斂之輩塡門不已一
有不能則高懸手足加之以杖剝及肌骨居民不
堪流移失所故如斯也予聞其語作五言八句以
著衰亡之實云

무너진 집에는 새들만 지저귀고
백성들은 달아난 데다 아전도 보이지 않네.
해마다 민폐만 더해 가니
어느 날에야 즐겁게 지내랴.
땅은 모두 권세가에게 빼앗겼는데
포악한 무리들은 문 앞에 잇따랐네.
남아 있는 사람들만 더욱 가엾으니
이러한 고생이 누구의 잘못이던가.

■
* 원제목이 무척 길다. 〈15일에 방산을 떠나 양구군에 이르렀는데, 아전
이나 백성들의 집이 모두 기울어지거나 땅바닥에 쓰러졌으며, (온 마을
이) 텅 비어 연기 나는 집이 없었다. 그래서 길 가는 사람에게 물었더니,
이렇게 대답했다. "이 고을은 낭천군에서 아울러 다스리는 곳인데, 예
부터 땅이 좁고 척박해서 백성이나 산물이 쇠잔했습니다. 근래에 와서
는 밭마저 권세가에게 빼앗기고 인민들을 못살게 하는 데다 세금마저
굉장히 많아, 발붙일 곳이 없게 되었습니다. 그런데도 겨울철만 되면 세
금을 독촉하는 무리들이 문이 미어터지도록 잇따라, 한번이라도 명을

破屋鳥相呼、　　民逃吏亦無。
每年加弊瘼、　　何日得歡娛。
田屬權豪宅、　　門連暴虐徒。
子遺殊可惜、　　辛苦竟何辜.

■

　어기면 손과 발을 높이 매달고, 심지어는 곤장까지 때려서 살과 뼈가 해
어지게 하니, 살던 백성들이 견디지 못하고 사방으로 흩어져서 마을이
이같이 되었습니다." 내가 그 말을 듣고 오언시 여덟 구를 지어 마을이
쇠망해 가는 실정을 적어 둔다.〉

춘주 신대학의 교외 별장에 쓰다
寄題春州辛大學郊居

함부로 나가지 않는 것이 세상길 험난해서였는데
벼슬 떠나 돌아오니 그 뜻이 한가롭구나.
구름과 바람 달빛 속에 살아가면서
영욕과 명리에 마음이 없네.
시냇가 바윗돌에 고요히 앉아 낚시질하고
맑은 날에는 집 뒤 산에 올라가 약초를 캐네.
이 가운데 어느 게 들사람 흥취에 맞나 묻는다면
청려장 짚고 얼근히 취해 석양에 돌아오는 거라네.

不曾浪出世途艱。　　歸去來兮適意閑。
寄跡雲煙風月裏、　　無心榮辱利名間。
釣魚靜坐溪邊石、　　採藥晴登屋上山。
若問箇中多野興、　　杖藜乘醉夕陽還。

을미년 칠월 어느 날 춘성의 두 서생
김생과 안생이 공부를 끝내고 고향으로
돌아간다고 여러 서생들이 시를 지어
송별하는데 추(秋)자 운을 얻다
乙未秋七月有日春城金安二生罷課還鄕諸生
作詩送別得秋字

춘성의 두 서생은 오래된 지음인데[1]
소양강 강마을에서 날 찾아왔었지.
소양강은[2] 내가 옛날에 놀던 곳
버들 둑 꽃 핀 언덕에 풍류가 많았지.
지난 일 연기처럼 세월이 변했지만
푸르른 산수에는 가을 구름 떠돌겠지.
수업이 한창인데 두 사람 떠난다니
돌아가려는 그 뜻을 붙잡을 길이 없네.
그대들 보내는 내 마음도 아득하니
이별주 한 잔을 그대들은 사양치 말게.
소양강 물이 잘 있는지 안부나 전해주어
그리운 내 시름을 달래나 주게.

■
1) 백아(伯牙)가 거문고를 타는데, 높은 산에 뜻이 있으면 (그의 친구) 종
   자기(鍾子期)가 듣고서, "태산과 같이 높구나"라고 말하였다. 또 흐르는
   물에 뜻이 있으면 종자기가 듣고서, "강물처럼 넓구나"라고 말하였다.
   백아가 생각한 것을 종자기가 반드시 알아맞혔다. 종자기가 죽자, 백아
   가 "지음(知音)이 없다"면서 거문고의 줄을 끊어 버렸다. -《열자》〈탕
   문편(湯問篇)〉
2) 원문의 소(佋)자는 소(昭)자와 통한다.

春城二子舊知音、　　來自昭陽江水頭。
佋陽乃我舊游地、　　柳堤花塢多風流。
往事如煙歲月變、　　山水蒼茫雲正秋。
講席將闌二子去、　　浩然歸志難挽留。
送君此行意無極、　　別酒一杯君勿休。
佋陽江水好在否、　　說我相思千斛愁。

형님께서 보내 주신 시에 차운하다
次家兄所示詩韻

1.

남 따라 비방하는 자들 역시 남에게 속는 것이니
불 붙여 하늘을 살라 봐야 어리석은 짓일세.
이 부끄러움을 멀리할 좋은 꾀가 떠오르지 않아
밤 깊도록 우두커니 앉아 이 생각 저 생각하네.

從他謗亦任他欺。　　把火燒天却是癡。
遠恥良謀難自辦、　　夜深危坐萬般思。

2.

저 푸른 하늘만은 속이지 못할 테니
그들의 사악한 망발 미친 짓으로 여길밖에.
네 몸 살피라는 훈계를 전해 받았으니
우리들에게 세 번 다시 생각하라고 알려 주시는 걸세.

早識蒼天不可欺。　　任他邪佞發狂癡。
省躬譏誠言堪託、　　爲報吾儕三復思。

■
* 네 수이다. 이때 선군께서 억울하게 못난 자들에게 비방을 얻은 일이
   있었다. (원주)

말

斗

옛 성인이 당년에 모양 따서 만들기를
속은 비고 밖은 튼튼한 데다 네 귀가 평평하게 했지.
곡식을 헤아리는 그 공로가 가장 크고
공사를 재는 쓰임새도 가볍지 않아,
크고 작은 일에 중용을 얻어 속임수 없고
옛이나 지금이나 표준이 분명하네.
이 제도 무엇을 상징했던가
위로는 하늘이고 아래로는 땅의 모양이라네.

古聖當年像物成。　中虛外實四隅平。
槪量米粟功惟重、　較定公私用不輕。
大小得中欺詐絶、　古今無別準繩明。
要知制度從何處、　上表宸居下地形。

이름이 군적에 오르다

余自少有志於儒名者久矣今按部公幷錄於軍
籍作詩以自寬

살아오면서 학문에만 힘쓰고
마음으로는 항상 요로에 나가길 바랐는데,
재주와 학문이 기둥에 이름 쓴 나그네에[1] 미치지 못해
내 이름이 훈련받는 병사 명부로 옮겨졌구나.
행단의[2] 풍월과는 인연이 끊어지고

■

* 원 제목이 길다. 〈내가 젊을 때부터 선비로 이름 내기에 뜻을 둔 지가
오래 되었는데, 이제 안부공이 내 이름을 군적(軍籍)에 기록했다. 그래
서 시를 지어 스스로 위로한다.〉

** 운곡은 어지러운 정쟁에 휩쓸리지 않으려고, 고향에서 농사를 지으며
부모를 모셨다. 그러다가 자신의 이름이 병적에 오르게 되자, 개성으로
올라가 진사시에 응시하여 합격하였다. 성균관 진사가 되어 병역을 면
제받게 되자, 그는 계속 벼슬에 오를 생각을 하지 않고 다시 고향으로
돌아와 농사를 지으며 학생들을 가르쳤다. 그에게 있어서 진사라는 자
격은 병역 면제 이외에 아무런 뜻도 없었던 것이다.

*** 이 시가 《대동시선(大東詩選)》에 실렸는데, "(원천석이) 한번에 진사
에 합격하여 군적에서 면제되었다"는 주가 덧붙어 있다.

1) 한나라 문장가 사마상여(司馬相如)가 장안으로 가는 길에 고향 촉군을
지나게 되었다. 그는 승선교(升仙橋) 기둥에다 "네 마리 말이 끄는 수레
를 타지 않고선 이 다리를 다시 지나지 않겠다"고 했다. 그는 과연 성공
했다.

2) 공자가 우거진 숲속을 가다가, 은행나무가 있는 평탄한 곳[杏壇]에 앉아
쉬었다. 제자들은 책을 읽고, 공자는 노래를 부르며 거문고를 타고 있었
다. -《장자》〈어부〉

느릅나무 요새의3) 연기 티끌이 꿈에 자주 나타나네.
예부터 출세하거나 숨어 사는 것도 다 분수 있으니
천명대로 살아가리라고 말할 뿐일세.

生來只學免如新。　　方寸常希據要津。
才業未同題柱客、　　姓名移屬鍊兵人。
杏壇風月魂空斷、　　楡塞煙塵夢已頻。
自古行藏皆有分、　　但將天命語諸隣。

■
3) 원문의 유새(楡塞)는 변방을 가리킨다.《한서》〈한안국전(韓安國傳)〉에
   "돌을 쌓아 성을 만들고, 느릅나무를 심어 방책을 삼는다"고 하였다.

즉사

即事

1.

온 땅에 덮인 풍진이 지난해보다 더하니
사방 어느 곳인들 시끄럽지 않으랴.
우리나라 터전이 반석처럼 견고하다면
하늘이 이 백성을 편히 잠자게 하련만.

匝地風塵勝去年。　　四方何處不騷然。
我邦若固盤安業、　　天使斯民穩枕眠。

2.

사람들이 모두들 새해 온 것을 모르니
일에 취해 애쓰는 것이 얼마나 애처로운가.
세상 따라 살아가는 게 남자의 일이라면
편히 잠들 곳 없을까 봐 걱정하지 않으련만.

人皆不覺到新年。　　醉事劬勞幾悵然。
與世推移男子事、　　莫憂無地可安眠。

■
* 홍건적(紅巾賊)의 난이 처음 일어났다. (원주)

경자년 정월 십구일에 딸아이를
낳았는데, 예쁘고도 영리했다.
올해 5월 십칠 일에 병으로 죽었기에
시를 지어서 곡한다

庚子正月十九日生女頗然且異至今年五月
十七日病亡筆以哭之

번뇌란 본래 뿌리가 없는 것이고
씨앗은 은애로부터 생겨나는 것일세.
불쌍히 여기는 내 마음이야 누그러질 수 있지만
슬피 우는 어미 소리는 차마 들을 수 없네.
잠시 머물다 사라지는 것이 참된 이치라면
함께 죽으려 하는 것은 망령된 말일세.
숱하게 남은 슬픔을 다 말할 곳이 없어
아직도 눈물 흘리며 지나간 자취를 기억하네.

曾知煩惱本無根。   種子生從恩愛門。
惻惻我懷猶可緩、   哀哀母哭不堪聞。
須臾便滅是眞語、   欲與俱亡爲妄言。
萬種餘傷無處說、   涕零尙記剜舟痕。

■
* 경자년은 1360년이다.

조목감을 곡하다
哭趙牧監 二首

1.

젊은 시절의 재기는 온 고을에 으뜸이었고
늙은 시절의 청빈은 숨어 사는 이보다 뛰어났네.
명리 때문에 허망함을 따르지 않고
선교에 의지해 진리 닦기를 즐겼네.
슬프게도 북망산에 나비 되어 날아가니
아마도 서방세계에 머물며 주인이 되시겠지.
눈물 흘리며 무덤 풀을 내 어찌 보랴
뒷날 찾아와서도 다시 수건 적시리.

少年才氣冠鄉隣。　　晚節淸貧抽隱倫。
不以利名常逐妄、　　且憑禪敎好修眞。
悲涼北枕飛蝴蝶、　　留滯西方作主人。
淚葉豈應看宿草、　　尋蹤異日更沾巾。

송목사의 화답을 받고 다시 차운하다
牧伯見和復次韻 三首

1.

인자한 성품에 청백하게 다스려
재상의 남다른 은총을 지금 받으시네.
다니는 곳마다 바지가 다섯이라 노래 부르니[1]
칼 세 자루 꿈을[2] 비로소 믿게 되었네.
덕에 감화된 사람마다 아름답다 일컬으니
은혜를 입고서야 그 누가 떠돌 걱정을 하랴.
선정한다는 소리가 임금님께 들리면
겹눈동자와 아름다운 눈썹에[3] 기쁨이 넘치시리.

■

* 문집에는 이 시 바로 앞에 같은 사람에게 같은 운으로 보낸 시가 있는
  데, 성이 송(宋)씨이다.
1) 염범(廉范)이 촉군(蜀郡)에 태수로 나가서 전임자의 까다로운 법령을
   없애자, 백성들이
   "염범이 왜 이리 늦게 왔나!
   예전에는 적삼도 없었는데, 지금은 바지가 다섯일세."
   라고 노래하였다. -《후한서(後漢書)》권61
2) 진나라 왕준(王濬)이 꿈을 꾸었는데, 지붕 대들보에 칼 세 자루가 걸리
   더니 잠시 뒤에 한 자루가 더 걸렸다. 마음속으로 몹시 불길하게 생각했
   는데, 이의(李毅)가 축하하면서 말했다.
   "삼도(三刀)는 주(州)자인데 하나가 더해졌으니[益], 사또께서 익주자사
   (益州刺史)가 되실 꿈입니다."
3) 순임금과 항우(項羽)는 눈에 눈동자가 둘이었고, 요임금은 눈썹이 여덟
   가지 색이라고 한다. 이 시에서는 둘 다 임금이라는 뜻으로 썼다.

慈愛清平共莫違。　　黃扉異寵已當期。
行看五袴歌騰處、　　始信三刀夢破時。
感德人皆稱盛美、　　飽恩誰復歎流離。
政聲傳聞承明殿、　　喜溢重瞳八彩眉。

그윽한 골짜기의 굉대사가 상원사 주사굴
서쪽 봉우리에 암자를 새로 짓고
암자 이름을 무주암이라 했는데
그 높고 뛰어난 경치를 아름답게 여겨
시 한 수를 지어서 굉대사에게 올리다

幽谷宏師於上院寺朱砂窟之西峯新搆一菴名
之曰無住嘉其高絶作一首呈于宏上人

새 암자 지어 놓고 도 닦는 대사께서
오가는 흰 구름 내려보며 다니네.
눈은 위아래 머나먼 허공과 통하고
마음은 삼천 세계가 활짝 트였네.
바람 고요한 찻마루엔 연기만 자욱하고
밤 깊은 선탑엔 달빛 길이 밝구나.
스님 말없이 앉아 무주(無住)를 관조하시니
무주의 그 마음은 어디에서 나오시나.

締搆新菴養道情。　　俯看來往白雲行。
眼通上下虛空遠、　　心豁三千世界平。
風定茶軒煙自鎖、　　夜深禪榻月長明。
上人燕坐觀無住、　　無住心從甚處生。

동년인 정도전이 찾아와서 지어 준 시에 차운하다

十二月十七日同年鄭道傳到此贈予詩云同年
元君在原州行路不平山谷深客子遠來已下馬
朔風蕭蕭西日沈一笑欣然有幽意尊酒亦復論
是心我唱高歌君且舞榮辱自我已難諶次韻以
謝

그대와 함께 급제한 지가 몇 해 되었나
사귄 도리가 얕은지 깊은지 따질 것도 없게 되었네.
제각기 일에 끌려 두 곳에 있지만
사람 만나면 상세히 안부 물었지.
오늘 만남은 하늘이 시킨 일이니
마시고 웃으며 마음을 털어놓세나.
그대여! 돌아갈 길을 재촉 마시게
우리의 이 뜻을 자중하시게나.

■
* 원 제목이 무척 길다. 〈12월 17일에 동년(同年)인 정도전이 나를 찾아
  와서 이런 시를 지어 주었다.
  동년인 원군이 원주에 숨어 사니
  다니는 길 험한데다 산골도 깊구나.
  멀리서 온 나그네 말에서 내리자
  겨울바람 쓸쓸하고 날은 저물었네.
  반갑게 한번 웃으니 그윽한 뜻이 있어
  술잔 앞에서 다시 마음을 털어놓았네.
  나는 높이 노래 부르고 그대는 춤추었으니
  이 세상 영욕을 이미 잊었네.
  내가 이 시에 차운하여 사례하였다.〉

與君同榜如隔晨、　　交道不復論淺深。
各以事牽在兩地、　　逢人細問浮與沈。
今朝邂逅天攸使、　　開尊且喜細論心。
公乎公乎莫催轡、　　此意自重誠之諶。

임기가 차서 서울로 돌아가는 송목사를 배웅하다

奉送宋牧伯政滿如京 二首

1.

어지러운 시절에 우리 백성을 잘 다스리어
밥 짓는 연기가 여염집에 오르며 은혜와 사랑이 새로웠네.
임기도 끝나기 전에 은총 받고 불려 가시니
수레채 잡고 울부짖는 백성이 많기도 하네.

時當世亂撫吾民。　　煙火閭閻惠愛新。
不待瓜期承寵喚、　　攀轅號泣幾家人。

2.

정치란 본래 백성을 잘 기르는 것
공의 맑은 덕에 날이 갈수록 감화가 새로워라.
오늘 아침 깃발 돌리고 서울로 돌아가신다니
축수하는 이 심정 남보다 갑절일세.

政最由來在養民。　　感公淸德日惟新。
今朝返旆朝天路、　　祝壽深情倍衆人。

동년인 김비가 보내 준 시에 차운하다
次同年金費所贈詩韻

1.

숨어 사는 데 뜻을 둔 지가 이제 겨우 십 년
우물 속에서 하늘 보는 게 늘 부끄러웠지.
오늘 아침 홀연히 어진 동방을 만나니
분수 밖의 하늘과 땅이 정말 넓기도 하구나.

有意遯窮僅十年。　　常嫌眼界井觀天。
今朝忽遇賢同榜、　　分外乾坤政豁然。

2.

바위 골짜기에 살아온 지가 몇 해 되었나
초파리를1) 없애며 독 속의 하늘을 쳐다보았네.
한 잔 술밖에는 영욕이 없으니
분수 따라 한평생을 즐겁게 살리라.

巖谷棲遲度幾年。　　醯鷄烹割甕中天。
一尊酒外無榮辱、　　隨分生涯獨快然。

■
1) 원문의 혜계(醯鷄)는 술독 속에 생기는 작은 벌레이다.

48

조카 식이 보내 온 시에 차운하다

次姪湜所寄詩韻

백성 대하기를 어찌 함부로 하랴
백성은 바로 하느님이 내신 백성이란다.
그들이 바라는 것 주어야 하고
괴로움 많게 해서는 안 된단다.
은혜와 사랑을 베풀지 않으면
사또도 길 가는 사람처럼 보게 된단다.
너도 이제는 부모가 되었으니
백성을 자식처럼 보살피거라.
마음 흩어진 지도 이젠 오래 되었으니
너그럽게 용서하며 다스리거라.
공도에 합당한 인사라야
덕망이 남보다 뛰어나는 법.
이 마음으로 임금과 백성 대해야
내 할 일 하는 것으로 알거라.
우리 형님 이 세상 떠나신 지도
이제 벌써 열아홉 번째 봄이니,
두어 자 높이 외로운 무덤에서
기쁜 마음이 저절로 넘치시겠지.
어두운 가운데서도 염원 있으니
어찌 천금 보배에다 비하랴.
나 이제 다행히도 여기 머물며

49

너의 경륜만을 빌고 있단다.
십 년 동안 운곡 골짜기에서
몸소 밭 갈며 자진을 본받았지.[1]
즐거움은 옛날 그대로인데
가난은 지난해보다 점점 더해지네.
네가 보내온 시 그 뜻이 두터워
읽고 나자 술에라도 취한 듯해라.
때때로 너를 좇는 꿈이
멀리 동쪽 바닷가를 둘러 오지만,
두 곳이 너무나 떨어져 있어
소식마저 자주 듣기 어려웠지.
부디 소식이라도 자주 보내거라
문에 기대어 기다리는[2] 어머니가 집에 계시니.

■
1) 한나라 학자 정자진(鄭子眞)이 곡구(谷口)에서 밭 갈며 글을 읽었다. 성
제 때에 대장군 왕봉이 예를 갖추어 그를 불렀지만, 가지 않았다. 그의
전기가 《사기》 권 72 〈고사전(高士傳)〉에 실려 있다.
2) 왕손가(王孫賈)가 15세에 민왕(閔王)을 섬겼는데, 왕이 달아나 있는 곳
을 모르게 되었다. 그러자 그의 어머니가 그에게 말했다.
"나는 네가 아침에 나갔다 늦게 돌아오면 문에 기대어 바라보고, 네가
저녁에 나갔다가 돌아오지 않으면 동구 밖에 기대어 기다린다. 그런데

臨民豈易忽、　　民是天生民。
要須與所欲、　　毋使多艱辛。
苟不施惠愛、　　視如行路人。
爾今爲父母、　　保之如子身。
散也今久矣、　　宜赦以循循。
公道合人事、　　德望出于倫。
以此致君民、　　是爲逢我辰。
吾兄棄斯世、　　于今十九春。
孤墳高數尺、　　喜氣應自新。
冥冥間所念、　　奚啻千金珍。
我今幸留滯、　　祝爾掌經綸。
十年耘谷口、　　躬耕效子眞。
樂猶昔時樂、　　貧甚去年貧。
來詩意轉厚、　　讀之如飮醇。
時時逐渠夢、　　遠繞東溟濱。
所差兩懸隔、　　音問難頻頻。
連連送書信、　　家有倚門親。

■
　　너는 지금 임금을 섬기면서, 임금이 달아나버려 있는 곳을 모르게 되었
　　는데, 네가 (찾지 않고) 어찌 돌아오느냐?"-《전국책(戰國策)》〈제책(齊
　　策)〉
　　려(閭)는 마을 입구에 있는 문이다. 의려지망(倚閭之望)은 집 나간 자식
　　을 기다리는 부모의 심정을 가리킨다.

51

김매는 늙은이의 노래
耘老吟

1.

김매는 이 늙은이[1] 한평생 가여워라.
겉치레 꾸미려 하는 마음 없었지.
때때로 얼근히 취해 시나 읊으면
십 리의 산과 시내가 반가워 하네.

耘老平生可憐、　　心無綵繪之飾。
有時半醉高今、　　十里溪山動色。

2.

김매는 늙은이는 부질없이 나가지 않아
마음이 세상과 멀어졌네.
순박했던 옛 시대를 생각하면서
혼자 앉아서 허공에다 돌돌 두 글자만 쓰네.[2]

耘老不曾浪出、　　心神與世疏闊。
追思上古淳風、　　獨坐書空咄咄。

■
1) 자신의 호 운곡(耘谷)을 가리킨다.
2) 돌돌(咄咄)은 뜻밖의 일을 당하고 깜짝 놀라서 탄식하는 소리이다. 진
　(晉)나라 은호(殷浩)가 조정에서 쫓겨난 뒤에 충격을 받고, 하루 종일 공
　중에다 손가락으로 '돌돌괴사(咄咄怪事)'라는 네 글자를 썼다고 한다.
　자신의 파직이 너무나 뜻밖이었기 때문이다.

3.

김매는 늙은이가 늙어가면서 병이 많아
귀밑머리도 드문드문 세어졌지만,
산을 마주하는 그 신세 유유해서
흰 구름 밝은 달을 한가롭게 즐기네.

耘老衰遲病多、　　蕭蕭兩鬢霜髮。
對山身世悠悠、　　閑弄白雲明月。

5.

김매는 늙은이가 올해 농사라곤
논밭 한 이랑도 갈지 않았네.
원래 내 배는 텅 비어 있어
채울 물건도 없고 보전할 물건도 없네.

耘老今年農業、　　不耕一畝水田。
由來我腹空洞、　　無物可容可全。

6.
김매는 늙은이가 김매지 않아
가라지만 어지럽게 우거져 있네.
황천이 인물을 경계하지 않아
세속 교화시킬 현량이 아주 없구나.

耘老不耘禾穀、　　　亂苗稂莠荒蕪。
皇天不儆人物、　　　化俗賢良絶無。

안사호 집에 모여 몇몇 사람이 술잔을 나누면서 시 한 수를 지어 이선생에게 보이다

安司戶家五六人成小酌作一首示李先生

그대가 압록강을 건너간 뒤부터
술잔 들고 그대 생각 아니 한 적이 없었지.
끊어진 줄 이어 주자1) 거문고 소리 새로워지고
바퀴 비녀장을 뽑아 던지자2) 우물에 물결 솟네.
단지 속에 망우물이3) 떨어지지 않으니
자리에 어찌 해어화가4) 없을손가.
내가 노래 시작하자 그대는 춤을 추니
좋은 날 이 즐거움을 자랑할 만도 하이.

■

* (이 선생의 이름은) 을생(乙生)이다. (원주)
1) 백아(伯牙)가 거문고를 타면 종자기(鍾子期)가 들었다. (백아가) 거문고를 타면서 태산에 뜻을 두었으면, 종자기가 "거문고를 정말 잘 타는구나! 태산처럼 우뚝하구나" 하였다. 잠시 뒤에 흐르는 물에 뜻을 두고 타면 종자기가 "거문고를 정말 잘 타는구나! 흐르는 물처럼 출렁이는구나" 하였다. 종자기가 죽자, 백아가 거문고를 부수고 줄을 끊어버렸다. 다시는 거문고를 타지도 않았다. ㅡ《여씨춘추(呂氏春秋)》〈본미(本味)〉 절현(絶絃)은 "거문고 줄을 끊어버린다" 뜻에서 "자기를 잘 알아 주던 친구가 죽었다"는 뜻으로 쓰였다.
2) 한나라 말기에 진준(陳遵)이 손님 치르기를 좋아하였다. 술을 대접할 때마다 손님을 오래 머물게 하려고 손님이 타고 온 수레바퀴의 비녀장을 뽑아 우물에 던졌다고 한다.
3) 망우물(忘憂物)은 걱정을 잊게 해주는 물건, 즉 술이다.
4) 해어화(解語花)는 말을 알아듣는 꽃, 즉 기생이다.

一從君去鴨江涯。　舉酒思君日益多。
已續斷絃琴有韻、　宜投脫轄井生波。
尊中不盡忘憂物、　座上何稀解語花。
我欲放歌君起舞、　良辰樂事可堪誇。

동년인 허중원이 시를 보내 왔으므로 글자를 나누어서 운을 삼아 이십팔 수를 짓다

許同年仲遠以詩見寄分字爲韻 二十八首·占

점(占)

치악산은 높이 솟고
사천수는 철철 흘러,
물소리 언제나 그치지 않고
산 빛도 볼수록 싫지 않아라.
그 가운데 초가집 마주서 있어
고즈넉하게 사립문이 언덕 위에 있네.
하루아침에 주인이 궁궐로 뵈러 갔으니
산도 말없이 무언가 생각하네.
시내와 산들이 금의환향 원하리니
그대여! 계원의 봄빛을 일찍 차지하시게나.

■
* 허중원이 칠언절구를 보내 왔으므로 원문이 28자가 되었는데, 운곡이
  글자 한자마다 운으로 삼아서 시 1수를 지었다. 이 한 제목으로 28수의
  시를 지은 것이다. 시마다 그 운(韻)자가 작은 제목이 되었는데, 본보기
  로 〈점(占)〉 1수를 번역하였다.

雉嶽山形崟峨、　　沙川水光瀲灩。
水聲長流不停、　　山色相看無厭。
中有茅廬相對開、　　寂寂柴門臨古塹。
一旦主人朝玉墀、　　山自無言如有念。
溪山忙待衣錦還、　　願吾子桂苑春光須早占。

춘성 향교의 여러 대학들에게 보내다

寄春城鄕校諸大學

내가 떠나온 뒤에 세월이[1] 너무나 빨라
예전에 놀던 자취 이제는 다 달라졌네.
즐거운 일은 해마다 더 줄어들고
갈수록 알아주는 이 없어 부끄러워라.
편지 끊긴 원천에게선 물고기도[2] 오지 않고
꿈에나 광해를 찾으면 나비가 먼저 날아오네.
옛 친구들이여. 모두들 평안하신지
석양 비치는 가을 산에 시름이 가득하네.

■
1) 원문의 오토(烏兎)는 해와 달의 별명이다. 해 속에는 세 발 달린 까마귀
   가 살고, 달 속에는 토끼가 산다고 믿었다.
2) 먼 곳에서 온 나그네가
   내게 잉어 한 쌍을 주었네.
   아이를 불러 잉어를 삶으라 했더니
   그 속에서 비단에 쓴 편지가 나왔네.
   客從遠方來、   遺我雙鯉魚。
   呼兒烹鯉魚、   中有尺素書。
   - 고악부(古樂府)에서
   예부터 잉어는 편지를 뜻하는 말로 쓰였으며, 배를 가른다는 말은 편지
   봉투를 뜯는다는 뜻이다.
   이 뒤부터 '잉어'나 '물고기'는 편지라는 뜻으로 많이 쓰였다.

烏兔相騰背我歸。　舊遊蹤跡已爲非。
共知樂事年來少、　却愧知音日漸稀。
信斷原川魚不到、　夢尋光海蝶先飛。
故人各各平安否、　愁滿秋山照夕暉。

나옹화상의 <운산도(雲山圖)>에 쓰다
題懶翁和尙雲山圖

푸른 산이 흰 구름 속에 은은히 비치며
멀고 가까운 경치가 낱낱이 다 보이네.
반 폭 화려한 종이에 마음은 만 리이니
기묘한 붓이 신에 통한 줄 이제 알겠네.

靑山隱映白雲中。	遠近奇觀一一窮。
半幅華牋心萬里、	方知妙筆卽神通。

■
* 나옹화상(1320~1376)의 이름은 혜근이고, 나옹은 호인데, 선관령(膳
官令) 아서구(牙瑞具)의 아들이다. 강월헌(江月軒)이라는 당호도 있다.
20세 때에 이웃 친구가 죽는 것을 보고 어른들에게 "죽으면 어디로 가
느냐"고 물었지만, 아는 사람이 없었다. 그 뒤 양주 회암사에서 4년 동
안 정진하여 도를 깨치고, 원나라 북경에 가서 지공(指空)을 만나 문답
하였다. 2년 동안 공부한 뒤에 평산(平山) 처림(處林)에게서 법의(法衣)
와 불자를 받고, 뒤에 북경으로 돌아와 지공에게서도 법의와 불자를 전
해 받았다. 39세에 귀국하여 여러 곳에서 설법했으며, 공민왕이 청하여
내전에서 법요를 듣고, 신광사에 있게 하였다. 52세에 왕사가 되고, 보
제존자(普濟尊者)의 호를 받았다. 57세에 우왕의 명을 받고 밀양 영원사
로 가다가, 여주 신륵사에서 세상을 떠났다. 시호는 선각(禪覺)이다. 목
은 이색이 비문을 지은 비석과 부도가 회암사에 있다.

청평사

清平寺

돌계단 넘고넘어 솔문에 닿으니
낮 염불소리 온 골짜기에 구름과 이어졌네.
한적한 곳에 안거하면서 무엇을 하시는가
깊은 복을 빌어서 우리 임금께 바치네.

排鱗松磴到松門。　　午梵聲連一洞雲。
閒寂安居何日用、　　但將玄福奉明君。

읍선루
泣仙樓

읍선루 바깥에 버드나무가 그늘 이뤄
머무는 사람 떠나는 사람 한을 금치 못하네.
헤어지는 눈물 줄줄이 물결에 더해져
한 못의 봄물이 다시금 깊어가네.

泣仙樓外柳成陰。　　　人住人分恨未禁。
別淚行行添作浪、　　　一塘春水更方深。

제 2권

耘谷
元天錫

〈삼소도〉에 쓰다
題三笑圖

손 잡고 같이 푸른 돌길을 걸어가면서
해가 서쪽에 지든 말든 아랑곳없네.
세 사람 웃음에 하늘과 땅이 좁아
말도 잊고서 호계를 지났네.

同携蒼石路、　　　也任日將西。
一笑乾坤窄、　　　忘言過虎溪。

■

* 혜원법사는 아무리 귀한 손님이 찾아오더라도 산문 밖에 있는 호계(虎
溪)를 건너서까지 배웅하는 법이 없었다. 그런데 어느 날 도연명·육수
정 등이 찾아오자, 그들을 배웅하면서 이야기하다가 자기도 알지 못하
는 사이에 그만 호계를 넘어갔다. 그런 뒤에야 호랑이가 울부짖는 소리
를 듣고서 호계를 넘어선 줄 깨닫고, 세 사람이 크게 웃었다고 한다. 여
러 화가와 문인들이 이 모습을 그려 〈호계삼소도(虎溪三笑圖)〉를 남겼
다. 그러나 육수정이 혜원법사보다 백여 년 뒤에 태어났다는 기록도 있
어, 꼭 믿을 수는 없는 일이다.

경술년 초여름에 회포를 쓰다
庚戌首夏書懷 二首

1.

봄 가는 줄도 몰랐는데
어느새 한낮이 길어졌네.
바람 부는 난간에 꽃잎이 떨어지고
연기 낀 언덕엔 버들가지 늘어졌네.
물색을 바라볼수록 변해 가고
광음도 차츰 바빠지는데,
시절을 느끼면서 옛친구 생각하니
초여름 되면서 혼자 슬프구나.

不覺靑春過、　　唯知白日長。
風軒花片片、　　煙岸柳行行。
物色看看變、　　光陰漸漸忙。
感時懷舊客、　　對此獨悲傷。

■
* 경술년은 1370년이다.

복사꽃

桃花

복사꽃 한 그루가 푸른 봄날에 아양 떨어
이슬에 씻긴 붉은 단장이 햇빛에 비쳐 산뜻하네.
시를 짓던 그날의 나그네를 물을 뿐이지
꽃 아래 놀던 지난 해 사람은 생각지 말게.

穠桃一樹媚靑春。　　露洗紅粧照日新。
但問題詩當日客、　　莫思花下去年人。

구월 오일에 손님과 술잔을 나누다
九月五日與客小酌

동쪽 울타리에 두어 떨기 국화가
중양절을 기다리지 않고 피었기에,
아이를 불러 한 송이 꺾어다가
며느리 시켜 새 술을 거르게 했네.
이때부터 항아리 속의 물건이
맑은 향내를 내 술잔에 풍기게 하니,
혼자 술잔 들고 혼자 시를 읊으며
그윽한 정을 내 스스로 달래기 어려웠네.
갑자기 문 두드리는 소리가 들리더니
마침 반가운 손님이 찾아왔네.
한편으로 놀라고 한편으로 기뻐하며
마주 앉아서 꽃 핀 대를 바라보았네.
술잔 주고받으며 웃고 이야기하다
옥산이 무너지는 것도[1] 알지 못했네.

■
1) 혜강(嵇康)의 사람됨이 마치 외로운 소나무가 홀로 서 있는 것처럼 꿋
꿋했지만, 그가 취할 때에는 마치 옥산이 무너지는 것처럼 "쿵!"하고 쓰
러졌다. 유의경《세설신어(世說新語)》
옥산(玉山)을 옥수(玉岫)라고도 하는데, '옥으로 만든 산'은 풍채가 좋은
사람을 뜻한다.

네 가지 일 다 갖추기 참으로 어려우니
찾아온 이 시간을 놓치지 마세나.
술 속에 살아가던 여덟 신선도[2]
죽어서는 그 뼈가 티끌 되었고,
술 마시기 좋아하던 고양의 무리도[3]
한번 간 뒤로는 돌아올 줄을 모르네.
가을빛이 너무나 쓸쓸해
붉은 나뭇잎이 푸른 이끼에 떨어지네.
붉은 대추는 딸 때가 되었고
빨간 밤도 구워 먹게 되었네.
그대여! 부디 노래하고 춤추세나
우리 집 술은 항아리에 가득하다네.
아름다운 이 계절을 맘껏 즐기세나
귀밑머리가 더더욱 희어질 테니.

■

2) 당나라 시인 두보가 호탕하게 술을 좋아하던 여덟 사람을 골라서 〈음
   중팔선가(飮中八仙歌)〉를 지었는데, 그가 말한 여덟 신선은 하지장(賀知
   章)·여양왕(汝陽王) 진(璡)·이적지(李適之)·최종지(崔宗之)·소진(蘇晉)
   ·이백(李白)·장욱(張旭)·초수(焦遂)이다. 시는 7언 22구로 지었다.
3) 앞에 나왔다.

東籬數叢菊、　　不待重陽開。
呼兒折一朵、　　命婦篇新醅。
從此尊中物、　　清香熏我杯。
獨舉還獨詠、　　幽情難自裁。
忽聞扣戶響、　　適有佳賓來。
飜然驚且喜、　　共坐看花臺。
對酌笑還語、　　不知玉山頹。
四事固難並、　　要須及時哉。
飲中八仙子、　　骨化爲塵埃。
高陽嗜酒輩、　　一去無復廻。
秋光正蕭酒、　　紅葉棲蒼苔。
丹棗正堪剝、　　赤栗亦可煨。
君須歌且舞、　　我酒盈山罍。
努力賞佳節、　　雙鬢欲皚皚。

말
馬

때를 만나지 못해 소금 수레에 시달리다가
백락을 만나자 슬프게 울부짖었네.[1]
가벼운 발굽 오뚝한 귀에 날랜 힘을 보태어
삼천리 밖으로 달리겠노라 늘 생각하네.

力困鹽車未遇時。　　　相逢伯樂且悲嘶。
輕蹄峻耳添驕力、　　　常念三千里外馳。

■
1) 그대는 천리마 이야기를 아는가? 천리마가 늙도록 소금 수레를 끌다
가 태황산을 올라가게 되었는데, 말굽은 떨어지고 무릎은 부러졌으
며 꼬리는 늘어지고 살에서 땀이 비 오듯 했다. 게다가 소금이 녹아 내
려서 땅을 적시는데, 흰 땀까지 뒤섞였다. 산중턱에서 오르지도 못하
고 내려가지도 못할 판인데, 수레 멍에까지도 부러졌다. 이때 마침 백
락이 이 말을 보고는, 수레에서 내려 붙들고 울었다. 그리고는 비단옷
을 벗어서 말에게 덮어주었다. 천리마는 땅에 엎드려 숨을 몰아쉬다
가, 고개를 들어 크게 울었다. 그 소리가 하늘에 울려, 마치 쇠나 돌에
서 나는 소리 같았다. 왜 그랬는가? 그가 만난 백락이 바로 지기(知己)
였기 때문이다. ─《전국책(戰國策)》〈초(楚)〉

생원 김누에게 약을 청하다
上金生員壘乞藥

타고난 체질이 본래 허약한 데다
병의 뿌리가 늘 몸에 박혀 있어,
오장육부에 답답하게 맺힌 곳이 많고
근육도 갈수록 시큰거리네.
온 배가 예사로 아파서
두 눈썹을 밤낮 찌푸리고 지내네.
자루가 비어서 약거리가 없으니
머리 들어 어진 그대를 바라만 보네.

稟質本微弱、	病根元在身。
腑臟多鬱結、	筋力益酸辛。
一腹尋常痛、	雙眉日夜嚬。
囊空無藥餌、	矯首望仁人。

최안을에게 받은 시에 차운하다

次崔安乙所贈詩韻

유술이 어찌 내 한 몸을 위한 것이랴
집에 전해 오는 것은 시권뿐일세.
본래 훌륭한 재주라곤 없으니
출세 길이 어찌 당키나 하랴.
시골로 돌아온 도연명을 사모하고
유현처럼 준일하길 바랐네.
다만 꽃 피고 달빛 비치는 누각을 찾아다니며
즐거이 놀기에 게으르지 않을 뿐일세.
예전에 놀던 곳을 다시 찾아와 보니
내 마음 나도 어쩔 줄 모르겠네.
복사꽃은 예처럼 붉게 피었건만
정든 사람 모습은 어디에 있나.
멍하니 난간에 기대었건만
내 마음 그래도 편치가 않네.
나를 보려는 사람도 원래 없거니와
나도 역시 보기를 바라지 않네.

儒術豈謀身、　　家傳只詩卷。
斷斷無良才、　　未可膺博選。
歸來慕淵明、　　俊逸希劉炫。
惟尋花月樓、　　遊樂但無倦。
重來舊遊地、　　我心不可轉。
桃花依舊紅、　　何處情人面。
悠然空倚欄、　　不可以安晏。
元無願見人、　　吾亦不願見。

춘주 천전마을에 묵다

宿春州泉田村

고요한 초가집이 조그만 배 같은데
종이도 없는 창에 바람이 차갑구나.
처마에 떨어지는 밤비 소리에 첫 잠을 깨고 보니
벽에 걸린 푸른 등불이 나그네 시름을 비추네.

茅舍寥寥小似舟。　　破窓無紙冷颼颼。
滴簷夜雨眠初覺、　　半壁靑燈照客愁。

즉사

卽事

바람이 성긴 발을 흔들며 산비가 내리니
조그만 동산 풀잎이 푸른 연기에 젖네.
새 한 마리 숲을 뚫고서 갑자기 날아들자
글귀를 찾던 산속 사람이 길게 읊으며 서 있네.

風動疏簾山雨來、　　　　小園煙草靑煙濕。
穿林一鳥忽飛廻、　　　　覓句幽人長嘯立。

■
＊ 쌍운(雙韻)이다. (원주)

78

여러분이 화답한 시에 다시 차운하다

諸公見和復次韻

나는 들었네. 저 주매신이
일찍이 나무꾼이었는데,
나뭇짐 지고 다니면서 언제나 글을 읽어
한원에 발을 붙였다는 이야길.[1]
예부터 현인 달사들 가운데
나고 들면서 군박한 이들 많았으니,
따뜻하지도 검지도 않은 것은
묵자의 굴뚝과 공자의 자리였네.[2]
사람에게 비록 도심이 있다지만
배우지 않으면 어디로부터 얻으랴.

■

1) 주매신은 한나라 무제(武帝) 때의 사람인데, 독서를 좋아하였다. 그는
   집이 몹시 가난해서 나무를 팔아 생활했는데, 나뭇짐을 지고 가면서도
   책을 읽었다. 그의 아내가 부끄럽게 여겨, 그를 버리고 달아났다. 뒤에
   태수가 되어 수레를 타고 들어오는데, 옛 아내가 새 남편과 함께 길 닦
   는 것을 보았다. 그래서 그가 그들 부부를 뒤의 수레에다 태워 가지고
   태수 관사로 들어갔는데, 아내가 분하고 부끄럽게 여겨서 스스로 목매
   달아 죽었다. 주매신의 이야기는 《한서(漢書)》 권64에 실려 있다.
2) 성철(聖哲)들은 법을 전하기 위해 한곳에 오래 머물지 못했으니, 공자
   (孔子)의 자리는 따뜻해질 틈이 없었고, 묵자(墨子)의 구들도 시커매질
   겨를이 없었다. ─ 반고(班固) 〈답빈희(答賓戱)〉

이제 세 사람이 보내 온 시를 읽어 보니
세 사람에게 신기한 책략이 있어,
정직하고 신실하고 또 많이 들었으니
이 친구들이 참으로 세 가지 유익한 벗일세.[3]
그리워하던 지난날의 마음이
한번 읽고는 얼음같이 다 풀려,
읊기를 마치고 머리를 돌리자
저녁 햇살이 난간 북쪽을 비추네.
가슴 속에 쌓였던 회포 시원해지니
오늘 저녁이 얼마나 즐거운 저녁인가.[4]

■

3) 공자가 말했다.
   "유익한 벗이 셋이고, 해로운 벗이 셋이다. 곧은 이를 사귀고, 미더운 이
   를 사귀며, 들은 것이 많은 이를 사귀면 유익할 것이다" -《논어》〈계씨
   (季氏)〉
4) 이 밤이 얼마나 즐거운 밤인가!
   이 좋은 님을 만났으니.
   님이여! 님이여!
   이 좋은 님을 만났으니 어이할거나!
   今夕何夕、   見此良人。
   子兮子兮、   如此良人兮。
   -《시경》당풍(唐風)〈주무(綢繆)〉

80

吾聞朱買臣、　　曾作採椎客。
負薪常讀書、　　翰苑寄蹤跡。
古來賢達人、　　出處多窘迫。
不煖亦不黔、　　墨埃兼孔席。
人雖有道心、　　不學從何獲。
今看三子詩、　　三子有神策。
直諒又多聞、　　此友眞三益。
懸懸昔日心、　　一讀已氷釋。
吟罷去回頭、　　斜陽照軒北。
凝然懷抱淸、　　今夕是何夕。

금성령으로 부임하는 아우 자성을 보내면서

送子誠弟赴金城令

군수로 부임하는 그대를 보내면서
노자로 줄 게 하나도 없네.
네 글자를 선물로 주니
바로 정(正) 직(直) 공(公) 평(平)이라네.

送君爲郡守、　　　無物堪贈行。
寄之以四字、　　　曰正直公平。

더위 속에 한가롭게 읊다
暑中閑詠

한참이나 책상에 기대어
두건을 벗고 길게 시를 읊었네.
바람이 잠잠해 해 그림자 지더니
구름이 흘러와 하늘에 그늘지네.
책상머리에 싸우는 개미도 없고
숲 사이에 나는 새도 끊어져,
시를 읊으며 산빛을 마주하노라니
도(道)의 맛이 깊은 줄 이제야 깊이 알겠네.

移時倚書榻、　　岸幘發長吟。
風定日中影、　　雲來天半陰。
床頭無戰蟻、　　林下絶飛禽。
舒嘯對山色、　　深知道味深。

병진년 윤구월에 일본의 여러 선덕들이
이곳에 왔는데 그 총림의 전형이
우리 나라의 제도와 비슷해서 시
한 수를 지어 주다

丙辰閏九月日本諸禪德來此其叢林典刑如我
國之制作一詩以贈

종풍은 말이 없고 법도 없는데
멀리 해 뜨는 곳에서 아득히 건너왔네.
성품의 바다는 본래 맑아서 안과 밖이 없으니
일마다 물건마다 백호 광명을 발하네.[1]

宗風無語亦無法、　　　遠自扶桑渡杳茫。
性海本澄無內外、　　　頭頭物物放毫光。

■
1) 원문의 호광(豪光)은 부처의 몸에서 빛이 사방으로 퍼지며 비치는 모습
   이다.

설자사가 도경선사에게 보낸 시에 차운하다

次偰刺史寄道境詩韻

1.

솔바람과 시냇물이 모두 선(禪)을 말하니
고요한 도경이[1] 참으로 동선(洞仙)일세.
경판각은 날개 벌려 흰구름 위에 솟았는데
저녁볕 솔 난간에 푸른 연기가 비꼈구나.

松風溪水俱說禪。　　　寥寥道境眞洞仙。
板閣翬飛白雲外、　　　日斜松檻橫蒼煙。

또 (又)

집에 있어도 사령운은 언제나 참선했고
시에 능한 이태백은 주선(酒仙)이었네.
이런 사람들 한번 가서는 돌아오지 않으니
천 년 지나간 일이 부질없는 연기일세.

在家靈運長參禪。　　　能詩太白爲酒仙。
斯人一去不復返、　　　千年往事空雲烟。

■
* 위의 시를 같은 제목과 운으로 다시 지은 것이다.
1) 도경(道境)은 이 시를 받게 되는 스님의 이름이면서 글자 그대로 도의
　경지이기도 하고, 이 스님이 도를 닦는 곳이기도 하다. 동선(洞仙)도 골
　짜기의 신선을 가리키면서, 신선이 사는 골짜기를 뜻하기도 한다.

곡계(谷溪)의 시권에 쓰다
書谷溪卷

1.

골짜기 바람 맑고 시냇가 달은 밝아
그 빛 잡을 만하고 그 소리 들을 만하네.
우리 스님만이 이 즐거움을 즐거워해
바로 그곳에서 공(空)한 성품을 전하네.

谷風清溪月明。　　　光可攬聲堪聽。
惟我師樂此樂、　　　即常處傳空性。

2.

본래 이뤄진 계곡이라 혼탁하지 않아
골짜기 깊고 시내는 머니 근원이 다함없네.
맑고 시원한 물 한 바가지를 나눠서
인간의 뜨거운 번뇌를 다 씻고 싶어라.

本自成渠缺不渾。　　　谷深溪遠莫窮源。
願分一勺淸冷派、　　　滌盡人間熱惱煩。

늦봄

暮春

1.

동풍이 불어 온 산이 붉었었지.
봄 기세 당당하더니 이젠 이미 그만일세.
세상일 차츰 어려워지고 몸도 차츰 늙어가니
십 년 먹을 갈고도 공 없는 게 부끄러워라.

> 東風吹盡滿山紅。　　　春事堂堂又已空。
> 世故漸艱身漸老、　　　十年磨硯愧無功。

4.

봄바람 조화에 어찌 사(私)가 있으랴
풀마다 꽃마다 저마다 한철일세.
흰 머리털은 끝내 검어질 줄 모르니
봄바람이 어찌 나만은 생각해 주지 않나.

> 春風造化豈容私。　　　百草千花各一時。
> 依舊鬢絲渾不變、　　　乃何於我獨無思。

철원관 북관정 시에 차운하다
次鐵原館北寬亭詩韻

한 말 술을 가지고 양주와 바꾸지 말라더니
이곳에 오니 비로소 세상 시름을 씻을 만하네.
들에 가득한 벼 구름에는 풍년이 들어
난간에 부는 솔바람에 여름도 가을 같구나.
지는 노을과 흐르는 물에 티끌세상 정이 끊어지고
푸른 풀 거친 터에 옛뜻이 아득하네.
흥취가 멀리 하늘 밖에서 일어나니
하필 봉래섬만이 신선 노는 곳이랴.

休將斗酒換涼州。　　到此聊堪滌世愁。
滿野稼雲年有稔、　　灑軒松吹夏凝秋。
落霞流水塵情絶、　　靑草荒墟古意悠。
逸興遠從天外起、　　不須蓬島是仙遊。

추석날 선영에 참배하다
中秋拜先塋

1.

십 년 동안 아이 적 마음으로 이 언덕에 있었네.
올 때마다 석 잔 술에 한결같이 슬펐네.
흰 구름 흐르는 물 유유한 이곳에
소슬한 가을바람이 사시나무에 일어나네.

十載兒心在此岡。　　每來三酌一哀傷。
白雲流水悠悠處、　　蕭瑟悲風起白楊。

불경을 베끼는 이에게 지어 주다

贈化經者

경전을 베끼려고 서로 금은을 뿌리면서
내생에 부처가 될 인연을 심는다고 하지만,
만물은 마침내 썩어지게 마련이니
반드시 떠도는 티끌처럼 흘러다니게 될 걸세.
밝은 경전은 이름과 모양을 벗어났건만
어리석은 사람들이 허망과 진실을 분별 못하네.
제게 있는 값진 보배는 알지 못하고
부질없이 마음과 힘을 다해 남의 보물만 헤아리네.

寫經爭欲費金銀。　　曰種來生做佛因。
漸次磨緇成朽物、　　必應流轉作浮塵。
大淳明藏絶名相、　　少智慧人迷妄眞。
不省自家無價寶、　　謾勞心力數他珎。

제 3 권

耘谷
元天錫

김해 선달 신맹경에게 부치다

寄金海辛孟卿先達

늙어가며 이따금 옛날 놀던 일이 생각나
다락에 기대어 남쪽 바라보며 그대 모습을 그리워하네.
팔 년 동안 영남에선 소식조차 없어
천리 멀리서 그리워하는 마음을 저 달만 알고 있네.

老去時時念昔遊。　　　倚樓南望慕淸儀。
八年嶺外無音信、　　　千里相思月獨知。

홀아비로 이십일 년을 지내고

余不幸早失主婦慮迷息失所索然守鰥迨今
二十一年矣即今婚嫁已畢 稍弛念慮故作詩一
首以自貽

어미 잃은 아이들을 눈앞에 두고서
궁박한 생활을 분수로 여긴 지가 이십여 년일세.
시렁 위에 쌓인 책 천 권만 알았을 뿐이지
주머니 속에는 돈 한 푼 없어도 마음 안 썼네.
늙도록 새살림 할 대책 세우지 못하고
남은 생애 부질없이 옛 인연을 그리워했네.
이젠 자식들 시집 장가도 다 끝내 여한 없으니
편안한 마음으로 저승길 향해도 되리.

失母兒童在眼前。　　固窮知分廿餘年。
但知架上堆千卷、　　也任囊中欠一錢。
到老不成新活計、　　殘生空憶舊因緣。
已終婚嫁無遺恨、　　方得安然向九泉。

■
* 원 제목이 길다. 〈내가 불행히 일찍 주부를 잃고 의지할 데 없는 아이
  들을 위해서 홀아비로 지낸 지가 지금까지 21년이나 되었다. 이제 자
  식들 시집장가를 다 끝내자 모든 염려가 다 없어져, 시 한 수를 지어
  내 스스로 위로한다.〉

소암(笑巖)의 시권에 쓰다
書笑巖卷

높은 바위 만 길이 물결같이 푸르니
금빛 두타가[1] 눈에 더욱 환해라.
하하 웃고 일어나는 그 경지 기특하니
삼천 대천 세계가[2] 일시에 평평해지네.

崎巖萬仞靑如澱。　　金色頭陀眼更明。
要識呵呵奇特處、　　大千沙界一時平。

■
* (소암의 이름은) 오사(悟師)이다. (원주)
1) 산이나 들판에서 밥을 벌어먹고 노숙하며 고행하며 불도를 닦는 것이
   두타인데, 그렇게 고행하는 두타승을 두타라고도 불렀다.
2) 불교에서 온 우주를 삼천세계라고 하는데, 일천세계는 소천(小千)이
   고, 소천의 천 배가 중천(中千)이며, 중천의 천 배가 대천(大千)이다.

스스로 읊다
自詠

세상에 부쳐 사는 몸이 뜬 것만 같아
하늘과 땅도 하나의 여관일세.
책을 뒤적이며 예와 지금을 느끼고
생각을 흩으면서 추위와 더위를 겪네.
백발은 참으로 쓸쓸한데
청춘은 또 어디로 돌아갔나.
평생에 잘한 것 하나 없으니
늙어서 누가 너를 가엾다 하랴.

寓世身如浮、　　乾坤爲逆旅。
披書感古今、　　散慮經寒暑。
白髮政飄蕭、　　靑春又歸去。
平生無一良、　　老至誰憐汝。

오도(悟道) 고개를 오르면서

登悟道岾

아침나절 오도 고개를 올랐네.
어찌하면 도의 뜻을 깨달을 수 있으려나.
가을 산 아름다운 경치를 이제는 알겠으니
서리 맞은 단풍잎이 모자 끝을 비추네.

朝日登臨悟道岾。　　　悟如何道意無厭。
秋山景槩今方覺、　　　樹樹霜楓映帽簷。

기생 딸이 떠나가자 노파 어미가 슬피 울다

西隣有一婆無他息惟一女爲娼妓婆老且病矣
其女乞諸隣而養之卽爲樂府之所招逼迫上道
婆失其手足哭之甚哀聞其聲而作之

우는 소리가 슬프고도 원망스러워 천문에 들리니
모녀가 헤어진다고 밝은 해도 어두워지네.
성색(聲色)이 예부터 한갓 즐거움에 이바지하니
태평시대 기상이 이 가운데 있을 건가.

哭聲哀怨至天門。　　　母女分離白日昏。
聲色古來供一豫、　　　昇平氣像此中存。

■

* 원제목이 길다. 〈서쪽 이웃집에 한 노파가 살았는데, 다른 자식은 없
　고 딸 하나만 있다가 창기가 되었다. 노파가 늙고 병까지 들자 그 딸이
　이웃들에게 빌어 부양했는데, 악부(樂府)에 부름 받고 곧 길을 떠나게
　되었다. 노파가 수족을 잃고 매우 슬피 통곡하므로, 그 소리를 듣고 이
　시를 짓는다.〉

원신(元信)의 시권에 쓰다
書元信卷

원(元)은 선(善)에 있어서 으뜸이고
신(信)은 도(道)에 있어서 으뜸일세.
스님은 이미 청정하시니
공적(空寂)이 바로 참된 근원일세.

元爲善之長、　　　信爲道之元。
上人已能淨、　　　空寂是眞源。

■
* (원신의 이름은) 정사(淨師)이다. (원주)

<서방구품도>가 이뤄지기를 원하는 시
願成西方九品圖詩

<서방구품도>를 그리려 하는 까닭은
임금께 축수하고, 나라 위해 복 빌며, 중생을 제도하기 위
해서라네.
시주들이여! 모두 같이 태어날 원(願)을 세우는 데에
털끝만치라도 아끼거나 있고 없고를 따지지 마시게.

欲畫西方九品圖。　　　壽君福國濟迷徒。
禪家各發同生願、　　　毋惜毫毛計有無。

배웅하다

送行

스님의 몸은 구름 같아서
바람처럼 머무는 곳이 없네.
마음가짐은 충직하고
몸가짐도 매우 견고하네.
그 까닭을 물었더니
웃기만 하고 말하지 않네.
스님이 말 없는 게 아니라
가벼이 대답하지 않기 때문일세.
한평생 구름과 물 사이에
쾌활하고 청한하게 즐기시네.
높은 발자취를 따르기 어려운데
깊은 산안개 속으로 다시 들어가네.

上人身如雲、　　飄然無所住。
飾心以忠直、　　志操大堅固。
問之所以然、　　粲笑言不吐。
上人非無言、　　不輕所答故。
平生雲水間、　　快活淸閑趣。
高蹤難可追、　　更入千山霧。

환희당 당두의 시에 차운하다
次歡喜堂頭詩韻 四首

1.

일이 많은 데다 병까지 많아
근래 사람답지 못한 게 부끄러워라.
형의 시 한 수를 얻고 보니
다시 정신이 새로워지네.

多事仍多病、　　　年來愧不人。
得兄詩一首、　　　聊復暢精神。

2.

오랫동안 티끌세상의 나그네 되어
물 구름 속에 사는 사람을 늘 부러워했네.
언제나 옷 떨치고 일어나
서로 따르며 정신을 길러 보려나.

久爲塵土客、　　　長羨水雲人。
早晚拂衣去、　　　相從好養神。

좌망
坐忘

안자(顏子)가 지체의 존재를 다 잊고 총명을 내보내며, 육체를 떠나 지각을 다 버렸다. 그렇게 하여 큰 도에 통했는데, 이것을 좌망(坐忘)이라고 하였다.[1]

사체와[2] 육진을[3] 다 내보내고
천만 가지 생각까지도 모두 끊었네.
물이 흐르건 바람이 불건 무슨 상관이랴
구름은 가도 자취 없고 달도 등한하기만 하네.

四體六塵都放下、　　　千思萬慮絶追攀。
水流不管風蕭灑、　　　雲去無蹤月等閑。

■
1) 안회가 말했다.
　"저는 좌망(坐忘)을 하게 되었습니다."
　공자가 놀라서 되물었다.
　"좌망이란 어떤 것이냐?"
　안회가 대답했다.
　"자기의 신체가 손발의 존재를 잊어버리고, 눈이나 귀의 움직임을 멈추며, 신체를 떠나 마음의 지각을 버리고 저 위대한 도에 동화되는 것, 이것을 좌망(坐忘)이라고 합니다."
　공자가 말했다.
　"도와 하나가 되면 좋고 싫은 마음이 없어지며, 만물의 변화에 참예하면 집착하지 않게 된다. 너는 참으로 훌륭하구나. 나도 네 뒤를 따라야겠다." -《장자》〈대종사(大宗師)〉
2) 두 손과 두 발인데, 지체라는 말로도 썼다.
3) 지혜를 해치고 공덕을 덜게 하는 여섯 가지 방해물인데, 색(色)·성(聲)·향(香)·미(味)·촉(觸)·법(法)을 가리킨다. 육적(六賊)이라고도 한다.

103

세 가르침이 하나의 이치일세
三敎一理

여여거사(如如居士)가 삼교일리론(三敎一理論)에서 이렇게 말했다. "세 성인이 같은 시대에 앞뒤로 태어나서 각각 정교(正敎)를 부르짖었다. 유교는 궁리진성(窮理盡性)으로써 그 교리를 삼았고, 불교는 명심견성(明心見性)으로써 그 교리를 삼았으며, 도교는 수진연성(修眞鍊性)으로써 그 교리를 삼았다. 집을 다스리고 몸을 닦으며 임금을 바로잡고 백성을 잘 살게 하는 것은 유교의 일이고, 정기를 모으고 심신을 길러서 신선이 되는 것은 도교의 근본이며, 생사를 초월하여 스스로 이롭고 남도 이롭게 하는 것은 불교의 진리이다. 그러나 마지막 가는 곳은 한 가지에서 벗어나지 않으니, 이것으로 말미암아 본다면 세 성인의 가르침이 모두 그 성품을 다스리는 것이다. 이른바 진성(盡性)이라든가, 연성(鍊性)이라든가, 견성(見性)이라는 그 도가 비록 다소 다르긴 하지만, 그 극치에 이르러선 환히 통하는 것이 다 하나의 성품이다. 그러니 어찌 막히거나 거리낌이 있겠는가. 다만 세 성인이 그 문호(門戶)를 보여 주었을 뿐이다. 그런데 그 문호의 후진들은 각각 종지(宗旨)를 내세워 자기는 옳고 남은 그르다는 마음으로써 서로 헐뜯고 배척하니, 사람마다 가슴속에 세 교의 성품이 환하게 다 갖춰져 있는 것을 전혀 모르기 때문이다. 당나귀를 탄 자가 남의 당나귀 탄 것을 비웃는 셈이니, 얼마나 답답한 일인가?"

이 논에 느낀 바 있어, 절구 네 수를 지어서 여여거사의 뜻을 이으려 한다.

유교 (儒)

사물을 따지고[1] 몸을 닦으며[2] 깊은 이치를 찾아내네.
마음을 다해 성품을 알고 또 하늘을 아네.
이로부터 천지의 화육을 도울 수 있으니
개인 달이 밝아 오고 맑은 바람이 불어오네.[3]

格物修身窮理玄。　　　盡心知性又知天。
從茲可贊乾坤化、　　　霽月光風共洒然。

■

1) 지혜에 이르는 길은 사물의 이치를 구명하는 데에 있다. [致知在格物].
　 -《대학》
2) 옛날에 밝은 덕을 천하에 밝히려고 했던 사람은 먼저 자신의 나라를
　 다스렸고, 자신의 나라를 다스리려는 사람은 먼저 자신의 집안을 가지
　 런히 했으며, 자신의 집안을 가지런히 하려는 사람은 먼저 자신의 몸
　 을 닦았다. -《대학》
3) 주돈이(周敦頤)의 흉금이 상쾌하고도 시원해서, 마치 화창한 바람이나
　 비온 뒤에 개인 달[光風霽月] 같다. -《송사(宋史)》〈주돈이전(周敦頤
　 傳)〉

도교 (道)

여러 묘체의 문이 깊고도 깊어
참된 기틀과 신기한 변화가 하늘에 응하네.
그 정기를 닦아서 곧바로 희이(希夷)의⁴⁾ 경지에 이르면
물소리도 산빛도 모두 함께 고요해지네.

衆妙之門玄又玄。　　　眞機神化應乎天。
精修直到希夷地、　　　水色山光共寂然。

불교 (釋)

하나의 원융한 성품이 열 가지 묘리를 갖춰
시방 세계에 두루 법이고 하늘에 통하는 기운일세.
저 참다운 본체를 어떻게 말하랴
푸른 바다에 달바퀴가 아울러 해맑구나.

一性圓融具十玄。　　　法周沙界氣衝天。
只這眞體如何說、　　　碧海氷輪共湛然。

■
4) 보아도 보이지 않는 것을 이(夷)라 하고, 들어도 들리지 않는 것을 희
　(希)라고 한다. -《노자》장14 〈찬현(贊玄)〉

세 고리를 모아서 하나로 귀결시키다 (會三歸一)
세 가르침의 종품이 본래 차이 없건만
옳고 그르다고 다투는 소리가 개구리처럼 시끄럽네.
한 가지 성품이라 모두 거리낌 없으니
불교 유교 도교가 다 무엇이던가.

三敎宗風本不差。　　　較非爭是亂如蛙。
一般是性俱無礙、　　　何釋何儒何道耶。

명나라 의복제도를 따르게 되었기에

是月朝廷奉大明聖旨改制衣服自一品至於庶
官庶民各有科等作四絕以誌之

1.

천자의 위엄이 바닷가까지 미쳐
의관 법제를 이미 선포하였네.
옛것 버리고 새 옷 입음이 어찌 그리 빠른지
외국 사람이 이제 중국 사람 되었네.

天子宣威及海濱。　　　衣冠法制已敷陳。
着新革舊何斯速、　　　外國人爲中國人。

2.

예부터 삼한은 큰 나라를 섬겨
그 전례를 따라야 화를 입지 않는다네.
풍속과 교화가 중흥되는 날을 만나면
다른 지방이 모두 항복할 것을 비로소 믿으리라.

自古三韓事大邦。　　　從循典禮不蒙獶。
得逢風敎重興日、　　　方信殊方儘可降。

■
* 원제목이 길다. 〈이 달에 조정에서 명나라 분부를 받들어 의복제도를
새로 제정하니, 일품으로부터 서관(庶官)과 서민에 이르기까지 각각
등급에 따라 달랐다. 이에 절구 네 수를 지어 기록한다.〉

해동의 두 현인을 찬양하다

海東二賢讚

전 총재 육도도통사 최영장군 (前冢宰六道都統使崔瑩)

해동의 명성이 중원을 뒤흔들어
장막 속의 군사작전이 번거롭지 않았네.
충성스럽고 장한 마음은 산과 바다보다도 무겁고
이룩한 덕업은 하늘땅처럼 컸네.
삼한의 기둥과 주춧돌처럼 공이 더욱 무거워
육도의[1] 인민들이 비구름처럼 우러렀네.
하늘이 이 나라 사직을 붙드시려면
공의 수명이 곤륜산 같아지이다.

海東聲價動中原。　　帷幄軍籌簡不煩。
忠壯心懷輕海岳、　　生成德業大乾坤。
三韓柱石功彌重、　　六道雲霓望益尊。
天爲我邦扶社稷、　　願令公壽等崑崙。

■
1) 고려 당시의 행정구역이 5도 양계(兩界)였다.

판삼사사
判三司事

북방 구름이 늘 태평한 기운을 띠고 있으니
이게 바로 명공이 할 일 다했기 때문일세.
두 손으로 일찍이 해와 달을 도왔고
한 마디 말씀이 바로 하늘과 땅을 정했네.
가슴에 가득한 지혜와 용맹으로 오로지 나라 위하니
한 시대 영웅들이 반나마 문을 메웠네.
두 조정을 드나들며 장수와 재상을 겸했으니
처음부터 끝까지 이룬 공업을 다 말할 수 없네.

朔雲常帶太平痕。　　知是明公盡所存。
雙手已曾扶日月、　　片言端合定乾坤。
滿懷智勇專憂國、　　一代英雄半在門。
出入兩朝兼將相、　　始終功業舌難論。

* 판삼사사는 삼사(三司)의 우두머리인 정1품 벼슬이다. 삼사(三司)는
  고려 태조가 태봉(泰封)의 조위부(調位府)를 고친 관청인데, 공민왕
  11년(1362)에 종1품으로 바꿨다.
  목은 이색이 1375년에 정당문학과 판삼사사를 역임하였다.

무문전사의 시권에 쓰다
書無門全師卷

모자람도 남음도 없는 성품이 저절로 원만하니
어찌 문과 자물쇠가 있고 가운데와 가장자리가 있으랴.
이 집의 풍격을 그 누가 엿보랴.
동서남북 위아래가 텅 비어 넓고도 넓네.

無欠無餘性自圓。　　有何關鎖及中邊。
此家風格誰能覷、　　六合空空政豁然。

새벽에 일어나서 읊다

曉起吟

산방이 정말 고요해서
산 달만이 어둠을 깨뜨려 주네.
일어나 앉아 닭소리를 들으니
밤기운이 절로 맑아 오네.
양심이 이때 돋아나건만
빈 배에 닻을 매지 않아,
그 근원을 찾아가려 해도
너무나 넓어서 더듬을 길이 없네.
질곡을[1] 잃을까 염려되어
잡았던가 놓았던가 자주 생각하는데,
어느새 하늘이 밝아
푸른 하늘은 담담하기만 하네.

山室正寥寥。	山月破幽暗。
起坐聽鷄鳴、	夜氣自恬憺。
良心從此萌、	虛舟不繫纜。
擬欲尋其源、	浩汗無由探。
將恐桎梏亡、	操捨頻較勘。
須臾天宇明、	碧空何澹澹。

■

1) 발을 묶는 것이 질(桎)이고, 손을 묶는 것이 곡(梏)이다.

112

아야니 서쪽 강을 건너다
渡阿也尼西江

빨래하던 마을 처녀가 여울가에 서서
"왜 물 흐르는 걸 지켜보느냐" 묻네.[1]
네게 말해 봐야 이 이치를 어찌 알겠느냐.
가는 자 붙들기 어려움을 깊이 슬퍼해서라네.

洗衣村女立灘頭。　　　問我奚爲看水流。
報道汝何知此理、　　　深嗟逝者固難留。

■
* 아야니원(阿也尼院)은 고을 서쪽 38리에 있다. -《신증 동국여지승람》
  제46권 〈원주목〉 역원조
1) 공자가 시냇물 위에서 말했다.
  "흘러가는 세월이 이와 같아서, 밤낮을 쉬지 않고 흐르는구나" -《논
  어》〈자한(子罕)〉

스스로 읊다

自詠

어젯밤에 비가 쓸쓸히 내리더니
오늘 새벽에 산안개가 짙게 끼었네.
조용히 옷깃을 바로 하고 앉았더니
나도 모르게 긴 시가 읊어지네.
동쪽 울타리에 가을빛이 있어
국화꽃이 황금처럼 찬란하구나.
국화꽃 떨기를 즐기다 보니
맑은 향내가 흰 옷깃에 스며드네.
외로운 꽃이 차가운 서리도 깔보니
군자의 마음이 꿋꿋하구나.
어루만지며 두세 번 감탄하다 보니
아침볕이 먼 숲에 비쳐 오네.

昨夜雨蕭蕭、　　曉來山霧深。
脩然正衣坐、　　不覺發長吟。
東籬有秋色、　　菊蘂粲黃金。
繞叢自怡悅、　　清香熏素襟。
孤芳傲霜冷、　　苦哉君子心。
撫己再三嘆、　　朝陽輝遠林。

114

환희당 대로의 시에 차운하다
次歡喜堂大老詩韻

2.

지난날 벼슬길은 한바탕 꿈이었지.
얼굴엔 먼지 가득하고 거리에선[1] 바람만 맞았지.
이제 늙어서 연하(煙霞)의 손님 되었으니
허수아비같이 덧없는 인생들을 우습게 보리라.

宦路前遊一夢中。　　　塵埃滿面九街風。
如今老作煙霞客、　　　應笑浮生幻化同。

3.

내 몸이 쇠약해져 초가집 속에 누워 있으니
세상맛은 전혀 없어도 도(道)의 바람은 있네.
형께서 가까운 곳에 살고 있지 않았더라면
그 누구와 함께 붓 휘두르며 시를 읊으랴.

我衰閑臥草廬中。　　　世味全無有道風。
不是大兄居近處、　　　揮毫朗詠與誰同。

■
1) 원문의 구가(九街)는 사통(四通) 팔달(八達)의 큰 길을 가리킨다.

십오일 날 빗속에서 읊다
十五日雨中卽事

병든 몸으로 먹고 살 길을 찾아보아도
찬거리 될 만한 게 하나도 없네.
아침 내내 궁색한 골목에 앉았노라니
꼬르륵 오장 육부에서 소리가 났네.
답답한 가슴을 견딜 수 없는데
겨울비는 왜 이리 지루하게 내리나.
갑자기 어떤 사람이 문을 두드리더니
술병과 찬그릇을 가지고 왔네.
화로에 마주앉아 한 잔 따르며
내 마음 기쁘게 만들어 주니,
성현의 가르침을 어겨 부끄러워라.
배부르길 구하고 편안하길 구하다니.[1]
술에 취해 저절로 흥겨워지자
탄환처럼 싯구절이 쏟아져 나오네.
읊다 보니 해는 이미 기울었건만
처마 끝에 낙숫물 소리는 그치지 않네.

---

1) 공자가 말했다.
  "군자는 음식에 대하여 배부르기를 구하지 말고, 거처에 대하여 편안
  하기를 구하지 말아야 한다." -《논어》〈학이(學而)〉

病夫謀口腹、　　無物可供飡。
終朝坐窮巷、　　鏗然鳴肺肝。
鬱鬱懷抱惡、　　冬雨何漫漫。
忽有人扣戶、　　把壺幷小簞。
擁爐開小酌、　　使我心欣歡。
慙予違聖訓、　　求飽又求安。
陶然乘逸興、　　吐句如彈丸。
吟哦日已側、　　簷溜聲未殘。

느낀 바가 있어
有感

이때 농민들의 토지를 빼앗으려는 무리들이 벌떼처럼 일어났다.

1.

나라의 명맥이 끊어져가니 정치를 보살펴야 하고
인륜의 기강이 무너져 가니 교화를 펼쳐야 하건만,
임금의 문은 깊게 잠겨서 아홉 겹으로 막혔으니
아뢸 곳 없는 백성들이 저 푸른 하늘에 호소하네.

國脈將頹當輔治、　　　人綱欲廢要開張。
君門深鎖九重隔、　　　無告嗷嗷籲彼蒼。

3.

자리를 말 듯이 온 산천을 독차지하고
주머니를 뒤지듯이 노비까지 다 수색하네.[1]
닭과 벌레를 얻고 잃음이[2] 어느 때에나 다하려나
하늘 끝을 바라보니 어느새 석양일세.

■

1) 권력자들이 백성들의 토지와 노비들을 겸병(兼幷)하자, 이듬해(1388
　년) 조정에서 전민변정도감(田民辨政都監)을 만들어 조사하였다.
2) 당나라 시인 두보의 시 〈박계행(縛鷄行)〉에서 읊어진 닭의 이야기이
　다. 닭이 벌레를 잡아 먹자 종이 밉게 여겨서 꽁꽁 묶어 가지고 시장

奮占山川如卷席、　　　　窮搜奴婢似探囊。
鷄蟲得失何時了、　　　　注目天涯已夕陽。

5.

쟁탈하는 바람이 일어나니 귀신의 지역인가
염치의 도를 잃었으니 사람 세상이 아닐세.
머리를 돌려 홀연히 옛 왕조 일을 생각하다가
멀리 창오산[3] 바라보며 눈물이 얼굴에 가득해지네.

爭奪風興非鬼域、　　　　廉恭道喪不人寰。
回頭忽起前朝念、　　　　遙望蒼梧淚滿顏。

■

　　으로 팔러 나갔다. 그러자 두보가 이를 보고서, 닭도 팔려 가면 죽게
될 텐데 벌레나 닭이나 죽는 것은 마찬가지로 불쌍하니 닭을 풀어 주
라고 하였다.
3) 순임금이 세상을 떠난 곳인데, 이곳에 능을 만들었다. 이 시에서는 억
울하게 죽은 공민왕의 현릉(玄陵)을 가리키는 듯하다. 공민왕이 1366
년에 전민 변경도감을 설치하여, 귀족들이 겸병한 토지를 원래의 소유
자에게 돌려주고, 불법으로 노비가 된 백성들을 해방시켰었다.

아이들에게 설상을 받고
兒女輩餽歲

아이들이 둘러앉아 술잔을 올리니
늙은이 마음 든든해지며 웃음꽃이 피네.
귀밑에 서릿발이 삼천 장이지만
눈앞에 난초 같은 손자들 예닐곱이나 된다네.
이런 세상에 살면서 조상의 업을 빛낼 수야 있으랴만
너희들이 마땅히 우리 가문을 빛내야지
잊으려 해도 잊기 어려운 한이 있으니
너희들 어머니가 먼저 가고 나 홀로 남은 것일세.

兒女團圝列酒樽。　　老懷強壯笑談溫。
鬢邊霜雪三千丈、　　眼底蘭蓀六七孫。
世俗豈能光祖業、　　爾曹當以慶吾門。
可忘恨處難忘恨、　　汝母先歸我獨存。

120

엎드려 들으니 주상 전하께서 강화로 옮기고 원자께서 즉위하셨다기에 감회를 읊다

伏聞主上殿下遷于江華元子卽位有感 二首

1.

성현이 만나는 것도 알맞은 때가 있으니
천운이 돌고 도는 것을 이제야 알겠네.
초야에 묻힌 백성이라고 어찌 나라 걱정이 없으랴
더욱 충성을 다해서 안위를 걱정한다네.

聖賢相遇適當時。　　　天運循環自此知。
畎畝豈無憂國意、　　　更殫忠懇念安危。

2.

새 임금이 즉위하고 옛 임금은 옮기시니[1]
쓸쓸한 바다 고을에 바람과 연기뿐일세.
하늘문 바른 길을 그 누가 열고 닫으랴.
밝고 밝은 거울이 눈앞에 있는 것을 보아야겠네.[2]

■
1) 1388년 2월에 우왕이 최영 장군과 의논하여 요동을 치기로 했는데, 압록강까지 진군했던 이성계가 5월에 위화도에서 회군하였다. 이성계가 6월에 그 책임을 물어 우왕을 폐위시키고, 그의 아들 창(昌)을 임금으로 세웠다. 강화도로 물러난 우왕은 이듬해인 1389년 11월에 아들 창왕과 함께 서인(庶人)이 되었다가, 12월에 강릉에서 살해되었다.
2) 임금이 자기 백성들에게 포학하게 굴어 그 정도가 심해지면, 결국 자

121

新主臨朝舊主遷。　　　蕭條海郡但風煙。
天關正路誰開閉、　　　要見明明鑑在前。

■

기는 죽임 당하고 나라도 망하게 된다. 그 정도가 심하지 않더라도 신
변이 위태로워지고, 나라는 쇠약해질 것이다. 유왕(幽王)이나 여왕(厲
王)이라는 (나쁜) 시호로 불리어져, 비록 효성스럽고 자애스런 자손들
이 나타나더라도 백대를 두고 그 이름을 고칠 수 없다. 그래서 《시경》
에도

은나라 주왕(紂王)의 거울이 멀리 있지 않으니
바로 하나라 걸왕 때에 있었네.
殷鑒不遠、　　　在夏后之世。

라고 했다. 후대의 임금에게 전대의 폭군을 경계하라고 이른 것이다.
-《맹자》권7 〈이루(離婁)〉 상

제 4권

耘谷
元天錫

기사년 정월 설날 아침에
己巳正朝 二首

내 나이 이제 예순이 되고 보니
성인의 말씀이[1] 스스로 부끄럽네.
이순(耳順)이 되기도 어려우니
마음이 통한다고 어찌 말하랴.
아름다운 수석과 함께 살면서
태평한 하늘 땅에 깊이 고마워하네.
봄바람이 이른 것을 벌써 알겠으니
새벽빛이 내 집 문을 비추는구나.

身年當六十、　　自愧聖人言。
耳順誠難得、　　心通豈敢論。
寓居佳水石、　　深謝泰乾坤。
已覺東君至、　　晨光照我門。

■

1) 나는 열다섯에 학문에 뜻을 두었고, 서른에 (예의를 알게 되어 그 무
엇에도 흔들리지 않고 스스로) 섰다. 마흔에 (여러 가지를 깨우치면
서) 미혹되지 않았고, 쉰에는 천명을 알게 되었다. 예순에는 남의 말을
새겨 들었으며, 일흔에는 내 마음이 하고 싶은 대로 하더라도 법도에
어긋나지 않게 되었다. - 《논어》〈위정(爲政)〉

도통사 최영 장군이 사형당했다는 말을 듣고 탄식하다

聞都統使崔公被刑寓歎 三首

1.

수정의 빛이 묻히고 기둥과 주춧돌이 무너져
사방의 백성과 만물이 모두 슬퍼하네.
빛나는 공업은 끝내 썩고 말았지만
굳센 충성이야 죽었다고 사라지랴.
사적을 기록한 푸른 역사책이 일찍 가득했건만
가엾게도 누른 흙이 이미 무덤을 이뤘네.
생각건대 아득한 황천 밑에서도
눈을 도려내어 동문에 걸고[1] 분을 풀지 못하시겠지

水鏡埋光柱石頹。　　四方民物盡悲哀。
赫然功業終歸朽、　　確爾忠誠死不灰。
紀事靑篇曾滿帙、　　可憐黃壤已成堆。
想應杳杳重泉下、　　抉眼東門憤未開。

■

1) 오나라 재상 비(嚭)가 자서(子胥)를 참소하여, "자서는 자신의 꾀가
받아들여지지 않은 것을 부끄럽게 여기고 원망한다"고 하였다. (오나
라 왕) 부차(夫差)가 자서에게 속루검(屬鏤劍)을 주었다. (그 칼로 자
결하라고 명한 것이다) 자서는 자기 집안 사람들에게 이렇게 말했다.
"내 무덤에는 반드시 가래나무를 심어라. (내가 죽은 뒤에 오나라는
곧 멸망할 것이고) 가래나무는 (부차의) 관을 만들기에 좋다. 내 눈을
도려내어서 동문에 걸어 월나라 군사가 오나라를 멸망시키는 것을 보
게 하라." 그리고는 스스로 목을 찔러 죽었다. -《사기》 권66〈오자서
열전〉

2.

조정에 홀로 서면 감히 덤빌 자 없어
충성과 의리 때문에 온갖 어려움을 겪었네.
육도 백성들의 소망을 따라
삼한의 사직을 편안케 했네.
동렬의 영웅들은 얼굴 더욱 두터워지고
아직 죽지 않은 간사한 자들은 뼈가 서늘해졌으리.
어지러운 때를 다시 만나면 누가 꾀를 내려는지
이 시대 사람들 간사하게 일하는 것이 가소롭기만 하네.

獨立朝端無敢干。	直將忠義試諸難。
爲從六道黔黎望、	能致三韓社稷安。
同列英雄顏更厚、	未亡邪佞骨猶寒。
更逢亂日誰爲計、	可笑時人用事姦。

3.

내 이제 부음 듣고 애도하는 시를 지었으니
공을 위해 슬픈 게 아니라 나라 위해 슬픈 거라오.
하늘 운수가 통할지 막힐지를 알기 어렵고
나라 터전이 편안할지 위태할지도 정해질 수가 없네.
날카로운 칼날이 이미 꺾였으니 슬퍼한들 무엇하랴
충성스러운 신하 항상 외롭다가 끝내 견디지 못했네.

홀로 산하를 바라보며 이 노래를 부르니
흰 구름과 흐르는 물도 모두들 슬퍼하네.

我今聞訃作哀詩。　　　不爲公悲爲國悲。
天運難能知否泰、　　　邦基未可定安危。
銛鋒已折嗟何及、　　　忠膽常孤恨不支。
獨對山河歌此曲、　　　白雲流水摠噫嘻。

소나무를 심다
栽松 幷序

당나라의 어떤 사람이 이웃집 늙은이가 소나무 심는 것을 보고 이런 시를 지었다.

노인의 집을 지나면서도
노인의 마음은 알 수가 없네.
무엇 때문에 늙은 나이에
소나무 심어 그늘을 기다리나.

이 시는 그 노인을 비웃으며 지은 것이다. 내 나이 올해 예순이 되었는데, 산 위의 정자 옆에 어린 소나무 수십 그루를 심다가 갑자기 당나라 사람의 그 마음을 생각하고, 절구 3수를 지어 응답한다.

1.
살고 죽는 데에는 늙은이도 젊은이도 없으니
자라나는 것은 소나무의 마음에 있을 뿐이네.
혹시 백세의 수명을[1] 기약할 수 있다면
푸른 그늘 기다리는 게 어찌 어려우랴.

■
1) 사람이 나서 열 살이 되면 유학(幼學)이라 하고, 스무 살이 되면 약관(弱冠)이라 한다. 서른 살이 되면 장(壯)이라 하며 아내를 맞이하고, 마흔 살이 되면 강(强)이라 하며 벼슬에 나아간다. 쉰 살이 되면 애(艾)라 하며 관정(官政)에 복무하고, 예순 살이 되면 기(耆)라고 하며 일을 지시하여 사람들을 부린다.

存亡無老少、　　　生長在松心。
倘保期頤壽、　　　何難待綠陰。

2.

이다지도 심하게 노쇠했으니
길게 바란다고 어찌 내 마음대로 되랴.
푸르고푸른 빛을 사랑할 뿐이지
우거진 그늘이야 어찌 기대하랴.

衰遲何大甚、　　　長遠豈吾心。
但愛靑靑色、　　　何期鬱鬱陰。

■
　일흔 살이 되면 노(老)라고 하여 (은거하며 자식들에게 살림을) 전하
고, 여든 아흔이 되면 모(耄)라고 한다. 일곱 살을 도(悼)라고 하는데,
도(悼)와 모(耄)는 비록 죄가 있어도 형벌을 내리지 않는다. 백살을 기
이(期頤)라고 한다. -《예기》제1〈곡례(曲禮)〉상

3.
대부라는 이름은[2] 부끄럽지만
군자의 마음만은 굳게 지녔네.
내 뜻을 알고서 지켜준다면
뒷날 이 뜨락에 그늘이 가득하리라.

應恥大夫號、　　　固持君子心。
故人如見憶、　　　他日滿庭陰。

■

2) 소나무를 대부(大夫)라고 한다. 진시황이 태산에 올랐는데 갑자기 비
  바람이 몰아쳐, 그 나무 아래에서 쉬었다. 그래서 소나무를 봉하니 5
  대부가 되었다. - 《서언고사(書言故事)》
  우리나라에서도 세조가 속리산에 있는 소나무에게 정2품을 내려, 정
  이품송이라고 불린 예가 있다.

이 달 십오일에 나라에서 정창군을 세워
왕위에 올리고 전왕 부자는 신돈의
자손이라 하여 폐위시켜 서인으로
삼았다는 말을 듣고

聞今月十五日國家以定昌君立王位前王父子
以爲辛旽子孫廢爲庶人

1.

전왕 부자가 각기 헤어져
만리 동쪽과 서쪽 끝으로 갔네.[1]
몸 하나야 서인으로 만들 수 있지만
올바른 이름은 천고에 바꾸지 못하리라.[2]

前王父子各分離。　　　萬里東西天一涯。
可使一身爲庶類、　　　正名千古不遷移。

■
1) 우왕은 동쪽 강릉으로 유배되었고, 창왕은 서쪽 강화로 유배되었다.
2) 이성계 일파가 이들 부자를 왕씨가 아니라 신씨라고 하여 폐위시켰지
   만, 왕씨(王氏)라는 실제 이름까지는 바꿀 수 없다는 뜻이다.

2.

할아비 왕의 믿음직한 맹세가 하늘에 감응했기에
그 끼친 은택이 수백 년을 흘러 전했었네.
어찌 참과 거짓을 일찍이 가리지 않았던가[3]
저 푸른 하늘만은 거울처럼 밝게 비추리라.

祖王信誓應乎天。　　　餘澤流傳數百年。
分揀假眞何不早、　　　彼蒼之鑑照明然。

■
3) 이성계 일파가 1년 전에 요동 정벌의 책임을 물어 우왕을 폐위시킬 때
에도 그의 아들 창(昌)을 임금으로 세워 놓고는, 이제 와서 이들 부자가
왕씨가 아니라고 폐위시키는 것은 명분이 서지 않는다는 뜻이다.
이성계 일파는 21대 희종의 먼 후손인 정창군을 고려의 마지막(34대)
왕으로 세워 놓고는, 우왕과 창왕의 재위기간을 신조(辛朝)라고 불렀
으며, 뒷날 《고려사》를 편찬하면서 신우와 신창을 반역전(叛逆傳)에
넣기까지 하였다. 그러나 정창군 요(瑤)가 즉위한 지 4년 만에 이성계
가 왕으로 추대되어 조선을 건국하고 다시 2년 뒤에 공양왕 부자와 모
든 왕씨들을 죽인 것만 보아도, 우왕과 창왕이 왕씨가 아니어서 폐위
시켰던 것은 아니다. 이성계 일파의 목적은 우왕과 창왕이 왕씨인가
신씨인가를 따지는 데에 있었던 것이 아니라, 이성계를 왕으로 추대하
는 데에 있었기 때문이다.

나라에서 명령하여 전왕 부자에게 죽음을 내리다

國有令以前王父子賜死

지위가 종정까지[1] 높아진 것도 임금의 은혜건만
도리어 원수가 되어 한 집안을 멸망시켰네.
한 나라에 큰 복을 누려 마땅하건만
구원에서도 그 원한을 씻기 어렵게 되었네.
옛 풍속은 없어져도 때는 되돌아오니
새 법이 맑아야 도가 더욱 높아지리.
오로지 옥뜰을[2] 향해 만세 부르니
두터운 은혜 산마을까지 미치게 하소서.

位高鍾鼎是君恩、   反自含讎已滅門。
一國必應流景祚、   九原難可雪幽冤。
古風淪喪時還泰、   新法清平道益尊。
專向玉墀呼萬歲、   願施優渥及山村。

---

1) 종과 솥은 귀중한 물건인데, 뛰어난 공덕을 종이나 솥에 새기기도 하였다. 그래서 묘당(廟堂)에 있는 재상을 종정(鐘鼎)이라고도 하였다. 식사 전에 음악을 연주하고, 식사에는 여러 그릇의 산해진미를 내어놓는 화려한 생활도 종정(鐘鼎)이라고 하였다. 이 시에서는 이성계의 벼슬이 재상까지 오른 것을 뜻한다.
2) 원문의 옥지(玉墀)는 옥돌을 깐 마당인데, 대궐을 뜻한다.

꿈을 적다
記夢

요즘 한산군(韓山君)이 억울하게 참소를 당해 장단(長湍)으로 귀양갔다는 말을 듣고, 그곳을 바라보며 그리움을 달랜 지 오래 되었다. 이 달 20일 이후 이틀 밤이나 꿈에 그를 뵈었는데, 어젯밤 꿈에는 손님과 함께 어떤 동네 어귀에서 놀다가 우연히 한 초막에 들어갔다. 그런데 공이 마루 위에서 세수하고 있었다. 나는 두 번 절하고 그 앞에 나아가 섰는데, 공이 아들 판서(判書)를 불러 말했다.

"양언(揚彦)아! 너는 저 집에 가서 먼저 알려라. 내가 내일 새벽에 운암(雲巖)으로 갈 테니, 신씨 댁에서 만나자고 하라. 만일 그렇지 않으면 반드시 후회할 것이라고 하라."

판서는 곧 떠나고, 공은 방에 들어가 행장을 꾸리는 것 같았다. 나는 그 기둥 구멍에 끼어 있는 흰 종이 한 장을 보고 곧 끄집어내어 펼쳐보았는데, 공이 손수 쓴 글이었다. 반쯤 읽다가 깨었는데, 거기 무슨 말이 쓰여 있었는지 기억나지 않는다. 장차 어떤 징조가 있을는지 모르겠다. 때는 정월 25일 밤 3경이었다. 그래서 두 편의 시를 써서 기록한다.

1.
지극한 보배는 빛을 감추고 정치는 가혹한데
누가 그 보배를 갈고 닦으며 새롭게 하려나.
요즘 사흘 밤이나 잇따라 꿈에 뵙고서
혼과 놀던 일 기억하며 한 노래를 짓네.
나라의 경륜은 화택으로[1] 돌아가고

---

1) 규괘(睽卦)이다. (원주)

강하의 배는 풍파에 시달리니,
하늘이 만일 사문(斯文)을 없애려 하지 않으신다면
비록 광(匡) 사람들이[2] 있단들 날 어찌하랴.

至寶韜光政令苟。　　有誰如琢復如磨。
邇來夢謁連二夜、　　記取魂遊作一歌。
邦國經綸歸火澤、　　江河舟楫困風波。
天如未喪斯文也、　　縱有匡人乃我何。

- 규(睽)는 〈서괘전(序卦傳)〉에 "가도(家道)가 궁하면 반드시 어그러지기 때문에 규괘(睽卦)로서 받았다"고 하니, 규(睽)는 어그러지는 것이다. 가도가 궁하면 어긋나서 흩어지는 것이 필연적인 이치이기 때문에, 가인괘(家人卦) 다음에 규괘(睽卦)로써 받은 것이다.
  괘의 모습이 위에는 리(離)가 있고 아래에는 태(兌)가 있으니, 리(離)의 불은 타올라가고 태(兌)의 못은 적셔 내려가서 두괘가 서로 어긋나니, 이것이 바로 규괘(睽卦)의 뜻이다. 또 중녀(中女)와 소녀(少女)가 둘이 비록 같이 살고는 있지만, 돌아가는 곳이 각기 달라서 그 뜻이 같이 행해지지 않으니, 이것이 또한 규괘(睽卦)의 뜻이다. -《주역》〈화택규(火澤睽)〉
2) 공자가 광(匡)이란 곳에서 (그곳) 사람들에게 붙잡히자, 이렇게 말했다. "주나라 문왕이 이미 돌아가셨으니, 모든 예악 문물이 내게 달려있지 않느냐? 하늘이 만약 이 예악 문물을 소멸코자 한다면, 나 역시 이 예악 문물을 어찌지 못할 것이다. 그러나 하늘이 만약 이 예악 문물을 소멸시키지 않으려 한다면, 광(匡) 사람들이 나를 어찌겠느냐?" -《논어》〈자한(子罕)〉

2.

옥에는 티 없건만 일이 이미 글렀으니
형(荊) 사람이 두 발 벤 게[3] 남의 일 아닐세.
해동의 바람과 달이 분노를 머금고
천하의 영웅들이 모두 다 슬퍼하네.
만 백성들이 다 같이 새로운 해와 달을 우러르니
삼한은 언제나 옛 산하 그대로일세.
그릇되고 올바른 것을 바로 분별할 분 계시니
자나 깨나 기체 편안하시길 빌 뿐일세.

---

3) 초나라 사람 변화(卞和)가 초산에서 옥덩이를 주워 여왕(厲王)에게 바쳤다. 여왕은 옥인(玉人)을 시켜 감정케 했는데, 옥인은 그것이 돌이라고 말했다. 여왕은 화씨가 자기를 속였다고 생각하여 그 왼쪽 발을 자르게 했다. 여왕이 죽고 무왕(武王)이 즉위하자 화씨는 또 그 옥덩이를 바쳤다. 무왕이 옥인에게 감정케 하였는데, 이번에도 또 돌이라고 하였다. 무왕은 화가 자기를 속였다고 하여 그 오른쪽 발을 자르게 하였다. 무왕이 죽고 문왕(文王)이 즉위하자 화는 그 옥덩이를 끌어안고 초산 아래에서 사흘 밤낮을 통곡하였다. 눈물이 다 마르자 핏물을 흘리려 울었다. 왕이 그 소식을 듣고는 사람을 시켜서 그 까닭을 묻게 했다. 화가 대답했다. "저는 발 잘린 것을 슬퍼하는 것이 아니라 보옥에다 돌이라고 이름 붙여 준 것을 슬퍼합니다. 곧은 선비를 거짓말쟁이라고 하니, 이것이 바로 제가 슬퍼하는 까닭입니다" 문왕이 옥인을 시켜서 그 옥덩이를 다듬게 하여 보물을 얻었다. 초(楚)와 형(荊)은 같은 지방이다.

137

玉自無瑕事已訛。　　荊人兩刖定非他。
海東風月應含憤、　　天下英雄所共嗟。
萬姓同瞻新日月、　　三韓自固舊山河。
明分枉正蒼蒼在、　　寤寐祈傾體氣和。

제 5권

耘谷
元天錫

두보의 시집을 읽고
讀杜集

두릉 늙은이의[1] 풍류 뛰어난 데다
자기 멋대로 사는 경지가 더욱 그윽해라.
손바닥을 뒤집으면 구름도 되고 비도 되건만[2]
오가며 탄식하다 머리에 서리 내렸네.
뛰어난 글 솜씨는 한 시대 견줄 이 없었고
천고의 성화는 아직도 남아 있는데,
운곡의 이 사내는 우습기만 해
황당하게 시 읊기를 쉴 줄 모르네.

杜陵野老不庸流。　　　自是無營地轉幽。
飜覆直嗟雲雨手、　　　往來嘗歎雪霜頭。
一時才藻元無比、　　　千古聲華尙未收。
耘谷鄙夫還獨笑、　　　荒唐嘯詠不能休。

■
1) 당나라 시인 두보가 두릉(杜陵)에 살았으므로, 자신을 두릉포의(杜陵布衣), 또는 소릉야로(少陵野老)라고도 불렀다.
2) 손바닥을 뒤집으면 구름이요 엎으면 비가 된다니
   변덕스런 무리들을 어찌 다 헤아리랴.
   그대는 보지 않았던가, 관중과 포숙의 사귐을
   친구의 도를 요새 사람들은 흙처럼 저버린다네.
   飜手作雲覆手雨。　　紛紛輕薄何須數。
   君不見管鮑貧時交、　此道今人棄如土。
   ─ 杜甫〈貧交行〉

백성들을 대신해서 읊다
代民吟

생애는 물같이 차갑고
부역은 구름처럼 어지러워,
갑자기 성 쌓는 군졸로 뽑혔다가
또 쇠 다루는 일꾼까지 겸하기도 하네.
바람 서리에 농사까지 그르치고
끝없는 눈발에 누더기 옷 다 떨어졌네.
처자 부양할 걱정 잊지를 못해
마음이 끓어 불타는 듯하네.

生涯寒似水、　　賦役亂如雲。
急抄築城卒、　　兼抽鍛鐵軍。
風霜損禾稼、　　縷雪弊衣裙。
未忘妻孥養、　　心煎火欲焚。

목은 상국이 국화를 보고 시를 지어 보냈기에 차운하다

牧隱相國對菊有感詩云人情那似物無情觸境
年來漸不平偶向東籬羞滿面眞黃花對僞淵明
次韻

무정을 믿고 유정을 웃어야 하니
유정은 바로 한평생 뿐이라오.
도연명 죽은 뒤 천여 년 지나도록
동쪽 울타리 국화는 옛 그대로 환하게 피었네.

須信無情笑有情。　　有情惟是一生平。
陶公死後千餘載、　　依舊東籬粲粲明。

---

* 원 제목이 길다. 〈목은(牧隱) 상국(相國)이 국화를 보고 느낌이 있어서,
　인정이 어찌 무정한 사물과 같으랴
　요즘은 부딪치는 곳마다 모두가 편치 않네.
　우연히 동쪽 울타리를 보다가 얼굴 가득 부끄러웠지
　참된 국화가 거짓 도연명을 바라보고 있기에.
　라는 시를 지어 보이므로, 이에 차운하다.〉

옛시를 본받아 짓다

擬古

곡구의 정자진이[1]
몸소 김매고 밭을 갈았었지.
십 년 동안 바윗돌 밑에서
누구와 더불어 이웃하고 살았던가.
영특하다는 이름이 서울에 날렸으니
꽃다운 그 자취를 천고에 사모하네.
연기와 노을 속에 늙어 가는 한 선비는
새나 짐승과 벗 삼고 지내네.
마음 한가해 얻고 잃을 것도 없는 데다
도가 곧으니 어찌 굽히고 펴랴.
때때로 바람과 달이나 즐기면서
글쓰기만 끝내면 맑은 시가 새롭네.

■
1) 정자진은 한나라 사람인데, 이름은 박(撲)이다. 도를 닦으며 고요히
   지냈는데, 성제(成帝) 때에 대장군 왕봉(王鳳)이 예를 차려 초빙했지
   만 응하지 않았다. 곡구에서 밭 갈며 글을 읽었기에, 호를 곡구자진(谷
   口子眞)이라고 하였다. 그의 전기는 《한서》 권72 〈고사전(高士傳)〉에
   실려 있다.

谷口鄭子眞。　　耕耘躬自親。
十年巖石下、　　誰與爲其隣。
英名動京洛、　　千古慕芳塵。
煙霞老一士、　　鳥獸可同倫。
心閑無得失、　　道直何屈伸。
時時弄風月、　　脫稿淸詩新。

향학의 여러 서생들에게 보내다

卽事寄鄕學諸生

이른 아침에 어떤 사람이 문 앞에 이르러
부끄러운 얼굴로 땀 흘리면서 사유를 아뢰네.
그 말 묻고 다시 생각하니 웃음이 나네.
공부 안 해도 되면 하지 말게나.

晨朝有客到門頭。　　汗赧含羞告事由。
問語更思含一笑、　　可爲休則可爲休。

나라 이름을 고쳐서 조선이라고 하다

改新國號爲朝鮮

1.

왕씨 집 사업이 문득 티끌이 되어
산천은 그대로지만 나라 이름은 새로워졌네.
풍물만은 사람 일 따라서 변하지 않아
한가한 사람을 마음 상하게 하네.

王家事業便成塵。　　　依舊山河國號新。
雲物不隨人事變、　　　尙令閑客暗傷神。

■
* 이성계가 1392년 7월 17일 고려의 옛서울인 개성의 수창궁에서 즉위
하여 새 임금이 되고, 11월 29일에 예문관 학사 한상질(韓尙質)을 명
나라에 보내어, 새 나라 이름을 조선(朝鮮)과 화령(和寧) 가운데 하나
로 정해줄 것을 청했다. 한상질이 국호를 '조선'이라고 정해준 예부(禮
部)의 자문(咨文)을 가지고 이듬해 2월 15일에 돌아오자, '조선'이라
는 새 국호가 반포되었다.

2.

천자께서 동방을 소중히 여겨
조선이란 이름이 이치에 알맞다고 하셨네.
기자께서 끼친 바람이 장차 일어난다면¹⁾
반드시 중하 사람들과 관광을²⁾ 경쟁하리라.

恭惟天子重東方。　　　　命號朝鮮理適當。
箕子遺風將復振、　　　　必應諸夏競觀光。

■
1) 은나라 현인 기자가 조선에 제후로 봉해져서 중국의 문물을 들여왔다
고 생각했기 때문이다.
2) 육사(六四)는 나라의 빛을 보는 것이니, 왕에게 손님 노릇하는 것이
이롭다. -《역경》〈풍지관(風地觀)〉
가깝게 보는 것보다 더 밝게 보는 것은 없다. 구오(九五)는 강양중정(剛
陽中正)하여 높은 자리에 있으니, 성스럽고 어진 임금이다. 육사(六四)는
매우 가깝게 그 도를 보는 것인데, "나라의 빛을 본다[觀國之光]"는 것
은 나라의 성덕(盛德)과 광휘(光輝)를 보는 것이다. -정이 〈역전(易傳)〉

십이월 삼십일
十二月三十日

아내가[1] 떠난 날이 바로 오늘 새벽인데
오늘이 다시 왔어도 사람은 보이지 않네.
이십팔 년 동안 한결같이 한스러웠는데
그 당시 어린아이가 모두 어른 되었네.

細君歸日是今晨。　　　今日依然不見人。
二十八年猶一恨、　　　當時襁褓盡成身。

---

1) 제후의 아내를 세군(細君), 또는 소군(小君)이라고 하였다. 한나라 동
　방삭이 자신을 스스로 제후에 비하며 자신의 아내를 '세군'이라고 부
　른 뒤부터, 문인들이 아내를 '세군'이라고도 불렀다.

새 나라

新國

해동 천지에 큰 터전을 마련하고
강상을 정돈해 마침 때를 만났네.
사대의[1] 왕손이 지금의 태조이고
삼한의 국토가 고려 뒤를 이었네.
능침을 깨끗이 쓸고 새 명령 내렸으며
조반(朝班)을 바로 정해 옛 제도를 고쳤으니,
이로부터 다른 나라들이 큰 교화에 따라와
산에 오르고 바다 건너면서[2] 피곤한 줄 몰랐네.

■

1) (태조가) 4대를 추존하여 왕으로 봉하였다. (원주)
   태조 원년(1392) 11월 6일에 태조의 4대 선조에게 존호를 책봉해 올
   렸다. 이안사(李安社)는 목왕(穆王)이라 하고, 이행리(李行里)는 익왕
   (翼王)이라 했으며, 이선래(李善來)는 도조(度祖)라 하고, 이자춘(李子
   春)은 환조(桓祖)라 했다.
   그 뒤 태종 11년(1411) 4월 22일에 존호를 더 올려, 왕(王)을 모두 조
   (祖)라고 하였다.
2) 진나라 소왕(昭王)이 공인(工人)을 보내, 사닥다리로 화산에 오르게
   했다. ─《한비자》외저설(外儲說)〉 좌상(左上)
   높은 산에 사다리를 타고 오르며, 먼 바다에 배를 타고 건너는 것은 멀
   고 험한 길을 간다는 뜻인데, 흔히 외국에 사신으로 다녀오는 것을 가
   리켰다.

海東天地啓鴻基。　整頓綱常適値期。
四代王孫今太祖、　三韓國土後高麗。
掃淸陵寢敷新命、　删定朝班改舊儀。
從此異邦投盛化、　梯山航海不知疲。

삼가 <금척을 받든 글>과 <보록을 받는 어록>을 읽고 경사롭게 여겨 찬양하다

伏覩奉金尺詞受寶籙致語慶而贊之

1.

꿈에 금척이 현관에 내려오고
지리산에서 보록이 왔으니,
천명과 인심은 덕 있는 이에게 돌아가는 법
새롭게 개혁한 공이 하루아침에 들렸네.

夢中金尺降玄關。　　　寶籙來從智異山。
天命人心歸有德、　　　鼎新功在一朝間。

2.

하도와 낙서는 성인에 관계되니
산보다 높은 공덕에 부합되네.
지금 우리나라의 상서가 옛날과 같으니[1]
온 천하가 마땅히 손바닥 안으로 돌아오리라.

■

* 〈몽금척〉은 이성계가 왕이 되기 전에 신인(神人)이 하늘에서 금척(金尺)을 받들고 내려왔다는 꿈 이야기를 정도전이 사(詞)의 형태로 노래한 것이고, 〈수보록〉도 역시 이성계가 왕이 되기 전에 지리산 바위에서 얻은 이서(異書)가 1392년에 징험된 이야기를 사언고시 형태로 노래한 것인데, 둘 다 조선 건국과 이성계의 창업을 찬양하는 악장(樂章)으로 분류된다. 정도전은 이밖에도 칠언시 〈문덕곡(文德曲)〉, 오언고시 〈납씨곡(納氏曲)〉, 사언고시 〈궁수분곡(窮獸奔曲)〉, 고려속요 형태의 〈정동방곡(靖東方曲)〉 등의 악장을 지었다.
1) 조선 개국의 주역들을 찬양한 〈용비어천가〉 1장에서

河洛圖書聖所關。　　　　應符功德重丘山。
我邦祥瑞今猶古、　　　　天下當歸掌握間。

3.

큰 붕새가 날개를 펴니 하늘 문을 덮네.
성스러운 덕이 태산이나 화산보다도 높아라.
작은 뱁새도 은혜의 비와 이슬을 받아
한 가지의 천지가²⁾ 옛숲 그대로일세.³⁾

大鵬舒翼蔭天關。　　　　德聖高於泰華山。
斥鷃亦承恩雨露、　　　　一枝天地舊林間。

■
　해동 육룡이 날으사
　일마다 천복이시니
　고성이 동부(同符)하시니.
　海東六龍飛、　　莫非天所扶、　　古聖同符。
　라고 하였다. 이성계와 그 조상들의 사적이 중국 성인들과 똑같다고
　하여, 조선 건국을 합리화한 것이다.
2) 뱁새가 깊은 숲속에 집을 짓더라도 나뭇가지 하나면 족하고, 두더지
　가 황하의 물을 마신다 해도 제 배만 채우면 그만이다. -《장자》〈소요
　유(逍遙遊)〉
3) 위의 한 수는 정이상(鄭二相)에게 올린 시이다. (원주)

정이상이 지은 노래 네 곡을 찬양하다
贊鄭二相所製四歌

1.

언로를 크게 열고 공신을 보익하며
경계를 바르게 하고 예악을 새롭게 했네.
이 네 곡의 맑은 노래가 성대의 교화를 찬송했으니
천 년의 큰 업이 밝은 시대를 열었네.
가락은 아송(雅頌)처럼 높아 풍속을 바꾸고[1]
소리는 궁상(宮商)에 맞아 귀신을 감동시키네.[2]
이로써 백성을 모두 고무시키면
세상이 잘 다스려져 태평세월 되리라.

■

* 정이상이 〈개언로(開言路)〉·〈보익공신(保翼功臣)〉·〈정경계(正經界)〉·
  〈정예악(定禮樂)〉 등 네 곡의 노래를 지어 악부(樂府)에 붙이고, 그 가
  사를 관현(管絃)에 올렸다. (원주)
  이상(二相)은 종1품의 좌·우찬성을 말하는데, 이 시에서는 정도전을
  가리킨다.
1) 선왕들은 시(詩)로써 부부의 도리를 떳떳하게 하고, 효(孝)와 경(敬)
  을 이루었으며, 인륜을 두텁게 하였다. 교화를 아름답게 했으며, 풍속
  을 바꿨다. -《시경》모시(毛詩) 〈서(序)〉
2) 그러므로 (정사의) 잘잘못을 바르게 하고 천지를 움직이며 귀신을 감
  동시키는 데에는 시(詩)만한 것이 없다. -《시경》모시(毛詩) 〈서(序)〉

大開言路保功臣。　　　經界均平禮樂新。
四曲淸歌稱盛化、　　　千年景業啓昌辰。
調高雅頌移風俗、　　　聲協宮商感鬼神。
以此庶民咸鼓舞、　　　太平煙火入陶鈞。

2.

해동 천지가 다시 맑고 평안해져
백성들은 착하고 시절이 좋아 태평을 즐기네.
기자의 순박한 바람은 더욱 떨치고
조선이라는 아름다운 이름이 다시 펼쳐졌네.
산하의 웅장한 기운이 왕기를 붙들고
해와 달의 두 빛이 성명에 합하네.
덕을 기리는 많은 이들이 이 곡을 노래 부르니
너무도 높고 넓어 찬양하기 어렵네.

海東天地更淸寧。　　　民變時雍樂太平。
箕子浮風將益振、　　　朝鮮雅號復頒行。
山河氣壯扶王氣、　　　日月明重合聖明。
頌德幾人歌此曲、　　　巍乎蕩也固難名。

부록

〈해설〉 원천석의 생애와 문학
原詩題目 찾아보기

耘谷
元天錫

해설
원천석의 생애와 문학

1.

원천석(1330~?)은 여말선초를 살다간 지식인이다. 그는 어느 왕조에서도 벼슬길에 나서지 않았고 원주 치악산 기슭에서 은거하면서 그 인생을 조용히 마감하였다. 이렇게 현실의 전면에 나선 적이 없던 원천석이었지만 조선 중기 이후의 문헌이나 악부시에는 그에 대한 관심이 끊이지 않고 나타나 있다. 그것은 원천석이 고려의 멸망과 조선의 건국이라는 혼란과 변혁의 와중에서 어떠한 삶을 살아갈 것인가를 진지하게 생각했던 인물 중의 한 사람이었기 때문이다. 원천석은 당시에 조선건국을 추진하는 세력들에 의해서 저지른 현실 왜곡과 불의한 행위에 분노하였고, 나아가 그 시대의 진실을 후세에 남기기 위하여 《야사(野史)》와 원고(原稿) 3권 2책을 남겼다.

그 중에서도 《야사》는 그의 자손이 멸족을 두려워하여 불살라 버렸다고 하니, 조선건국 과정의 비도덕적인 행태를 신랄하게 서술한 정도를 추측으로나마 짐작할 수 있다. 또 다른 저술인 3권 2책의 원고는 집안에서 보관되어 내려오면서 일부가 부식되고 일실되기도 하였지만 그의 사후 200여 년이 지나서 세 차례 간행되었고 한 차례 필사되었다. 강원도 관찰

사인 박동량(朴東亮)에 의해 1603년에 간행된 것으로 추정되는 초간본(初刊本)은 현재 전하지 않는다. 그러나 당시에도 많은 기휘(忌諱)를 받았기 때문에 고려 말의 역사를 기록한 시들이 상당수 수록되지 않았다고 전해진다. 그 이후 1800년경에 간행된 중간본(重刊本)은 시고(詩稿)에 들어 있던 시가 모두 수록된 것으로 보이나 이 판본 역시 지금은 전하지 않는다. 현재 우리가 볼 수 있는 문집 《운곡시사》는 1858년에 발간된 활자본과 1865년에 나온 필사본으로 모두 1,144수의 시가 수록되어 있다. 이들 작품들은 지어진 시기에 따라 편집되어 있어서 잘 알려지지 않은 삶의 흔적을 재구성할 수 있는 참고 자료가 되기도 한다. 다음에서는 이러한 시작품들과 여러 자료를 참고로 하여 원천석의 생애를 일별해 보기로 한다.

2.

원천석의 본관은 원주이며 호는 운곡(耘谷), 자는 자정(子正)이다. 고려 말에 종부시령(宗簿寺令)을 지낸 원윤적(元允迪)의 아들로 1330년 7월 8일에 태어났다. 그의 집안은 강원도 원주에 기반을 둔 향리층이었고, 아버지 대에 와서 비로소 중앙 정계에 진출하게 된다.

원천석은 10세 무렵에 아버지를, 14세에 형 천상(天常)을 잃은 것으로 추정되며 집안 형편은 어려웠던 듯하다. 그는 24세 되던 1353년 무렵부터 치악산 운곡에 은거한 것으로 보인다. 그러다가 20대 후반에 군적에 편입되자 공부에 정진하였고 1360년에 국자감시에 급제하여 군역에서 면제된 뒤에는 다시 운곡에 은거하였다. 그는 자주 강원도 일대를 여행하면서 다수의 기행시를 남기기도 하였으며 승려들과도 끊임없는 교분을 나누기도 하였다.

그는 마흔네 살 되던 해에 아내를 잃었으나, 자식들의 성장에 좋지 않은 영향을 끼칠까 걱정하여 후취나 첩을 두지 않았다. 그리고 21년을 홀로 살면서 자식들이 장성하기를 기다려 모두 혼인을 시켰으니, 일신의 편안함보다는 자식의 장래를 생각한 아버지로서의 자애로움을 발견할 수 있는 부분이다.

　이방원은 일찍이 원천석에게 글을 배웠는데, 왕위에 오른 뒤에 원주 치악산으로 그를 찾아온 적이 있었다. 그러자 원천석은 이를 알고 미리 치악산 준령에 위치하고 있는 변암(弁岩)으로 몸을 피하면서, 노상의 강변에서 빨래하고 있던 노구(老嫗)에게 그를 찾는 사람이 오면 그가 가는 방향과 반대 방향으로 길을 가르쳐 줄 것을 부탁하였다. 노파는 원천석과의 신의를 지켜 뒤에 나타난 태종에게 거짓을 고하였고 그러한 자신의 죄를 깊은 강물에 투신하는 것으로 사죄하였다. 그리고 후세 사람들은 그 마음을 기려서 오늘날까지도 그가 몸을 던진 곳을 구연(嫗淵), 또는 노구연(老嫗淵)이라고 부르고 있다고 한다. 또한 태종이 스승의 뜻을 돌릴 수 없음을 알고 잠시 쉬어간 곳은 태종대(太宗臺)라는 이름이 붙여졌다. 원천석이 몸을 피했다는 변암은 험준한 바위로 굴이 형성되어 있으며 사람이 기거할 수 있는 공간이 마련되어 있는데, 굴 안에는 "암반에 우물을 파서 갈증을 면하고 산채를 거두어 시장기를 달랬다"는 글이 지금도 새겨져 있다.

　이밖에도 태종과 원천석의 관계를 보여 주는 또 다른 일화가 전하고 있다. 태종은 세종에게 왕위를 물려준 뒤에 다시 그를 불렀는데, 이때에야 비로소 원천석이 그에 응하여 왔다. 태종은 여러 손자들을 불러 보인 뒤에 손자들이 어떠한가를 물었는데, 원천석은 한 아이를 가리키면서 "이 아이가 조부를 많이 닮았으니 모름지기 형제를 사랑하라"고 타일렀다고 한다. 그 아이가 바로 수양대군이었다는 것이다. 원천석이 세상을 떠난 해가 정확하게 알려지지는 않았으나 (대략 1395년경으로 추정하는 사람도 있다) 세종이 왕위에 오른 시기(1418)엔 원천석의 나이가 이미 80세이므로 이 일화는 그다지 신빙성이 없어 보인다. 다만 조선의 기틀을 잡는 과정에서 벌어진 여러 가지 불의를 미워했던 원천석이었기에 이러한 이야기가 가탁되어지고 그대로 세상 사람들에게 전해 내려오게 되었을 것이다. 지금 원천석의 묘는 치악산 석경촌(속칭 돌경이) 기슭에 자리하고 있으며, 본시 유교(遺敎) 때문에 묘표(墓表)가 없었으나 4대가 지나서 후손들이 비석을 세웠다.

3.

원천석이 조선시대에 얼마나 기피된 인물이었는가는 왕조실록에서도 찾아볼 수 있다. 원천석의 이름이 처음 거론되는 것은 《현종실록》 4년 4월의 일이다. 이는 강원도 진사 한용명(韓用明) 등이 원천석을 배향한 칠봉(七峯) 서원에 편액을 내려주기를 청한 내용인데, 이때 예조에서는 편액을 내린 서원이 지나치게 많다는 이유를 들어 그러한 건의를 받아들이지 않았다. (그 후 10년이 지나서 결국 칠봉서원에 사액이 내려진다.) 이 날의 기록 뒷부분에는 원천석에 대한 사관(史官)의 평이 첨부되어 있는데, 여기에는 《야사》의 존재도 거론되고 있다. 이 기록에 다르면 《야사》는 여섯 권 가운데 두 권이 없어졌다고 한다. 원천석의 저술이 어느 정도 세간에 알려져 있었음을 말해주는 것이다.

또한 이 기록이 조선 왕조가 개국한 지 250년도 훨씬 지난 시기인 1663년의 것임을 생각할 때 정몽주와 같은 고려 말의 충신들에 비해 원천석이 조선왕조로부터 공식적인 인정을 받게 되는 것은 오랜 시간이 지나서였음을 알 수 있다. 이는 다시 말하면 원천석이 남긴 기록이 얼마나 부담스러운 내용이었던가를 보여 주는 것이기도 하다.

그렇지만 공적인 기록을 제외한다면, 이기의 《송와잡설》 신흠의 《상촌잡록》 허목의 《미수기언》 이익의 《성호사설》 이긍익의 《연려실기술》 최익현의 《면암집》에는 원천석이 사회적으로나 가정생활에서 보여주는 삶의 자세를 거론하면서 한결같이 높은 평가를 내리고 있다.

> 내가 들으니, '군자는 숨어 살아도 세상을 저버리지 않는 다'라고 하더니, 선생은 비록 세상을 피하여 스스로 숨었지 만 세상을 잊은 분은 아니었다. 변함없이 도를 지켜 그 몸을 깨끗이 하였다. 백이(伯夷)가 말하기를, '옛날 선비는 좋은 세상을 만나면 그 직책을 피하지 않았고, 어지러운 세상을 만나면 구차하게 머물려고 하지 않았다. 지금은 세상이 어두우니 그를 피하여 나의 행실만이라도 깨끗이 하는 것이 옳다'고 하였다. … 중략… 선생은 백이와 같은 분이라고 하겠다.

이와 같은 허목의 평은 지식인으로서의 역사적인 책임을 통감하는 사람들의 견해를 대표하는 것으로 조선 후기까지도 많은 사람들이 그에게 끊임없는 관심을 보여준 까닭이기도 하다.

4.

원천석의 시는 모두 5권 3책으로 되어 있는데, 22세(1351년)의 약관의 나이로부터 65세(1394년)까지 44년간에 지어진 작품들이 수록되어 있다. 원천석의 시세계는 고려 말의 어지러운 상황을 준엄한 눈으로 지켜보며 역사적 진실을 밝히고자 했던 작품, 기행(紀行)과 교분(交分)에서 비롯된 작품, 은일의 정서를 읊어낸 작품들로 구성되어 있다. 이들 작품에는 어지러운 현실을 바라보는 시인의 목소리가 있는가 하면, 깨끗한 삶을 영위해 나가는 사람들에 대한 친애의 감정이나 자연을 벗하는 은일인의 심경도 담겨 있다.

그렇지만 그의 문학의 본령은 무엇보다도 시사(詩史)에 있다. 이에 대하여 퇴계는 일찍이 "운곡의 시는 역사다. 시를 역사로 하였으니 후세에 전해질 것을 의심하지 않는다"라고 하였고, 신흠도 "시의 어조는 비록 질박하여 말 안 된 데가 많다. 그러나 일은 바로 쓰고 숨기지 않았으니, 정인지의《고려사》에 비하면 해와 별, 무지개가 서로 차이가 있는 것과 같아서 읽노라면 눈물이 줄줄 흘러내린다"라고 하였다. 이러한 내용들은 그의 문학이 문예미학적인 성취보다는 올곧게 살아간 삶의 진실을 그대로 보여 주고 있다는 점에 높은 평가를 받고 있음을 의미한다.

이것은 또한 원천석 스스로가 가지고 있었던 문학에 대한 관념과도 상통하는 것이었다. 그는 문학창작이란 우국(憂國)의 자세에서 비롯되며, 후세에 뛰어난 인품과 덕행을 전해야 한다고 생각하였고 따라서 수사(修辭)와 같은 형식적인 측면보다는 내용 전달의 효용성에 중점을 두었던 것이다.

5.
허목은 원천석의 묘명(墓銘)에 다음과 같은 찬(贊)을 썼다.

암혈(巖穴)로 몸을 피한 선비여
나아가고 머무름을 때에 맞게 하였네.
설령 세상에 나서지 않을지언정
뜻을 굽히지 않았고
그 몸을 욕되게 하지 않음으로
후세에 가르침을 세우니
우(禹)와 직(稷)·백이(伯夷) 숙제(叔齊)와 다를 바 없어
선생은 백대(百代)의 스승이 되실 만하네.

이 글에서 보듯이 후세에 하나의 모범으로 우뚝 선 원천석은 단순한 문장가가 아니라 당대의 현실을 준엄하게 살아간 지식인이기도 했다. 그렇지만 원천석은 불의함을 그대로 지나칠 수 없던 칼날 같은 의식뿐만 아니라 지친(至親)으로서의 자애로움도 가슴 깊이 간직했던 따뜻한 인간이었음을 아울러 잊을 수 없다.

原詩題目 찾아보기

[제1권]

辛卯三月向金剛山到橫川 • 17
過葛豐驛 • 18
春州 • 19
梅梢月 • 20
畵山 • 21
蠻牋 • 22
招賢被 • 23
國有禁酒之令聞提壺鳥 • 24
甲午十月向淮陽到橫川次板上韻 • 25
初四日發橫川 二首 • 26
十二日發交州到金城 • 27
靑陽路上 • 28
方山路上 • 29
十五日發方山到楊口郡吏民家戶
歛斜倒地寂無煙火問諸行路答曰
此邑乃狼川郡之兼領官也自古地
窄田磽民物凋殘比來權勢之家奪
有其田土擾亂其人民租稅至多雖
容足立錐之地無有空閑每當冬月
收租徵斂之輩塡門不已一有不能
則高懸手足加之以杖剝及肌骨居
民不堪流移失所故如斯也予聞其
語作五言八句以著衰亡之實云 • 30
寄題春州辛大學郊居 • 32
乙未秋七月有日春城金安二生罷
課還鄉諸生作詩送別得秋字 • 33
次家兄所示詩韻 • 35

斗 • 36
余自少有志於儒名者久矣今按部
公幷錄於軍籍作詩以自寬 • 37
卽事 • 39
庚子正月十九日生女頎然且異至
今年五月十七日病亡筆以哭之 • 40
哭趙牧監 二首 • 41
牧伯見和復次韻 三首 • 42
幽谷宏師於上院寺朱砂窟之西峯
新搆一菴名之曰無住嘉其高絶作
一首呈于宏上人 • 44
十二月十七日同年鄭道傳到此贈
予詩云同年元君在原州行路不平
山谷深客子遠來已下馬朔風蕭蕭
西沈一笑欣然有幽意尊酒亦復
論是心我唱高歌君且舞榮辱自我
已難諶次韻以謝 • 45
奉送宋牧伯政滿如京 二首 • 47
次同年金費所贈詩韻 • 48
次姪湜所寄詩韻 • 49
耘老吟 • 52
安司戶家五六人成小酌作一首示
李先生 • 55
許同年仲遠以詩見寄分字爲韻
二十八首 · 占 • 57
寄春城鄉校諸大學 • 59
題懶翁和尙雲山圖 • 61
淸平寺 • 62
泣仙樓 • 63

[제2권]

題三笑圖 • 67
庚戌首夏書懷 二首 • 68
桃花 • 69
九月五日與客小酌 • 70
馬 • 73
上金生員曁乞藥 • 74
次崔安乙所贈詩韻 • 75
宿春州泉田村 • 77
卽事 • 78
諸公見和復次韻 • 79
送子誠弟赴金城令 • 82
暑中閑詠 • 83
丙辰開九月日本諸禪德來此其叢
林典刑如我國之制作一詩以贈 •
84
次傻刺史寄道境詩韻 • 85
書谷溪卷 • 86
暮春 • 87
次鐵原館北寬亭詩韻 • 88
中秋拜先塋 • 89
贈化經者 • 90

[제3권]

寄金海辛孟卿先達 • 93
余不幸早失主婦慮迷息失所索然
守鰥迫今二十一年矣卽今婚嫁已
畢 稍弛念慮故作詩一首以自貽 •
94
書笑巖卷 • 95
自詠 • 96
登悟道帖 • 97
西隣有一婆無他息惟一女爲娼妓
婆老且病矣其女乞諸隣而養之卽
爲樂府之所招逼迫上道婆失其手

足哭之甚哀聞其聲而作之 • 98
書元信卷 • 99
願成西方九品圖詩 • 100
送行 • 101
次歡喜堂頭詩韻 四首 • 102
坐忘 • 103
三敎一理 • 104
是月朝廷奉大明聖旨改制衣服自
一品至於庶官庶民各有科等作四
絕以誌之 • 108
海東二賢讚 • 109
判三司事 • 110
書無門全師卷 • 111
曉起吟 • 112
渡阿也尼西江 • 113
自詠 • 114
次歡喜堂大老詩韻 • 115
十五日雨中卽事 • 116
有感 • 118
兒女輩餽歲 • 120
伏聞主上殿下遷于江華元子卽位
有感 二首 • 121

[제4권]

己巳正朝 二首 • 125
聞都統使崔公被刑寓歎 三首 •
126
栽松 幷序 • 129
聞今月十五日國家以定昌君立王
位前王父子以爲辛旽子孫廢爲庶
人 • 132
國有令以前王父子賜死 • 134
記夢 • 135

[제5권]

讀杜集 • 141
代民吟 • 142
牧隱相國對菊有感詩云人情那似
物無情觸境年來漸不平偶向東籬
羞滿面眞黃花對僞淵明次韻 •
143
擬古 • 144
卽事寄鄕學諸生 • 146
改新國號爲朝鮮 • 147
十二月三十日 • 149
新國 • 150
伏覩奉金尺詞受寶籙致語慶而贊
之 • 152
贊鄭二相所製四歌 • 154